유쾌한 사물들

내가 소지한 것들. 생각해보면, 내가 그들에게 소지당한 것이 아닐까. 안경이 나를 쓰고, 스마트폰이 제 가고 싶은 곳으로 나를 데려가고, 가방이 비밀스런 내 속을 수시로 열어본다.

최 장 순
에 세 이

유쾌한 사물들

보고 읽고 쓰다

bookin

책을 펴내며

일상을 벗어난 문학은 없다. 작가는 일상이 지닌 필연성과 유사성, 반복성과 일시성에서 오는 지루함과 싸우는 사람이다. 체험의 기록만으로 글이 되지 않는다. 대상과 사물을 새롭게 해석하는 시도야말로 창작의 기본 태도다. 그럴 때, '늘 같은 하루'도 '늘 다른 하루'로 재창조될 수 있다.

이번의 작품들은 대체로 일상에서 만나는 사물을 대상으로 하였다. 산책길, 도심의 거리, 숲, 잠시 스쳐간 작은 사건과 소소한 대상들이다. 보잘것없는 나의 우월적 지위를 내려놓았을 때, 그들은 자신의 숨겨진 모습을 드러내곤 했다. 나는 그런 대상들을 보고, 읽고, 쓰며 이해하려 했고 사랑하였다.

대상에 몰입하여 잠시 나를 비워냈을 때, 사물은 내게 기쁨을 선물로 채워주었다. 사려 깊은 통찰과 이해심이 부족한 나를 격려하고 힘을 북돋아주었다. 그러나 한 권의 책으로 엮고 보니, 가난한 농사였음을 깨닫는다. 어쩌면 내게 주어진 '권한'을 함부로 남용했는지도 모른다. 사물에 빚진 마음이다.

『유리새』 출간 이후, 한 땀, 한 땀 써내려간 글들이 위안이 되었다. 힘든 가운데서도 용기와 격려를 아끼지 않은 모든 분들께 이 책을 바친다. 해설을 써주신 오민석 선생님, 도서출판 북인에 마음을 다해 감사드린다.

2018년 가을, 최장순

차례

4부

5부

1

공구는 노동의 도구이자 놀이도구이다. 무엇인가 손에 잡고 땀을 쏟고 싶은 욕구는 공구를 만들고 그것을 통해 노동, 혹은, 놀이를 하는 것이다. 인간 존재의 밑바탕에 놀이와 재미가 본질로 깔려 있다는 요한 하위징아의 말은 그런 의미에서 유효하다.

- 공구학 개론
- 우물
- 숟가락
- 단추
- 신발
- 주전자
- 어금니와 송곳니
- 손수건
- 나를 소지한 것들
- 키스

공구학 개론

공구함을 연다. 손때 묻은 공구들이 일제히 눈을 맞춘다. 드라이버, 리퍼, 펜치, 망치, 드릴, 끌과 대패까지, 쓰임새는 다르지만 홀로 제 기능을 하거나 서로 도와주며 존재 가치를 높여주는 것들이다. 하나하나 살펴 기름칠하는 것은 세월에 녹슬지 말라는 당부이자 나에 대한 보살핌이다.

— 톱과 줄

한몸에 서로 다른 성질을 가지고 있는 톱. 한쪽은 나무를 켜고, 다른 쪽은 자른다. 끌어당김과 밀어보냄을 반복하는 톱질은 강약 조절은 물론 일정한 리듬을 타야만 한다. 어릴 적 할아버지의 톱질은 신비로웠다. 온몸이 끌려갔다가 끌려오는 운동회의 줄다리기처럼 흥겨워서 그처럼 쉬운 노동이 있을까 생각했다. 그러나 막상 톱을 잡아보고서야 알게 되었다. 리듬을 탄다는 것은 톱을 요령 있게 다룬다는 것, 적당히 잡아당겼다가 밀어주는 그것은 알맞게 취하고 내주어야 하는 기술이었다.

나무를 땔감으로 쓰던 시절, 집집마다 톱은 몇 개씩 있었다. 여름내 이빨을 갈며 먹잇감을 기다린 톱이 사냥을 하기에는 겨울이 적기. 잎들 비워진 휑한 숲에서 나무는 알몸을 드러낸 채 톱의 심판을 받는다. 톱은 오랜 감각으로 체득한 사냥기술이 노련해서 나무의 급소는 밑동이라는 것을 안다. 나무의 무게중심을 살피고 쓰러질 방향을 예측하면 드디어 나무의 목에 사나운 이빨을 댄다. 사냥의 묘미는 공포감이 엄청난 쾌감으로 돌변할 때 극대화되는지 나무가 진저리를 칠수록 톱은 쓱싹쓱싹 신이 난다. 그러나 그 소리는 나무의 비명, 톱밥은 나무의 살점이다. 톱날에는 찐득한 나무의 피가 묻어 있다.

공격하는 자와 당하는 자가 늘 정해져 있다면 이처럼 불합리한 일이 있을까. 순순히 목을 내놓았다고 해 나무를 얕잡아봤다가는 낭패다. 나무는 입을 앙다물고 저항한다. 톱날이 윙, 소리를 내며 더 이상 움직이지 않을 때는 재빨리 나무의 반대편 목으로 자리를 옮겨야 한다. 이때부터 톱질은 신중해야 한다. 자칫 방심하면 나무가 톱을 부리는 자의 등짝이나 허리를 순식간에 후려치기 때문이다.

제아무리 잘난 톱에게도 두려운 존재가 있다. 줄이다. '부드러움이 강함을 이긴다.' 나무의 거친 면을 다듬는 샌드페이퍼처럼, 줄은 무디거나 거친 쇠를 다듬는다. 작지만 무소불위의 힘을 가진 줄은 수백 번의 반복으로 굵은 철사나 쇠파이프도 잘라낼 수 있다. 당기는 톱질과 달리 밀어내야 하는 줄질은 악기의 현을 다루듯 쇠의 결을 따라가야 한다. 아무 때나 힘을 주는 줄질은 불협화음을 내다가 멈추어설지도 모른다.

줄은 톱의 무딘 이빨을 갈아댄다. 치과의사가 환자의 입을 들여다보며 치료를 하는 것처럼 온통 귀로 쏟아져 들어오는 소름끼치는 소리를 참아내야 하듯 톱은 아픔을 견뎌내야만 한다. 톱이 나무의 천적이라면, 톱의 천적은 줄일까? 톱과 줄이 천적으로 보이지만, 엄밀히 말하면 줄은 톱을 연마하기 위한 조력자인 셈, 생각해보니 나를 엄하게 꾸짖거나 힘들게 훈련시킨 이는 나를 숙성시키기 위한 스승이었다. 그것을 깨닫기까지 얼마나 많은 시간이 필요했던가.

— 망치와 드라이버

누구는 때려야 하고 누구는 맞아야 하는 이치다. 악의도 없고 피해의식도 없다. 망치질만큼 남성적인 노동도 드물 것이다. 집안에서 부인이 망치질을 한다고 상상해보라. 가장이 유고 중이거나, 게으르거나, 장애를 가진 경우처럼, 부자연스럽다. 육중한 대작을 거실 벽에 걸 수 있는 것은 가장의 손아귀에 들려 있던 망치 때문이고 기꺼이 몰매를 버티며 벽을 파고든 못 덕분이다. 걸개를 위해 버텨주는 벽과 제 머리통을 순순히 망치에게 내어주는 못, 이들 3중주의 화음으로 집을 꾸미고 질서를 만들어간다.

망치질에서 든든한 가부장의 권위를 느낀다. 균형 잡힌 망치질은 한 가정의 중심축, 아무리 남녀평등을 넘어 여성 상위 시대라고 해도 가장에게 어울린다. 망치질에는 기술이 필요하다. 너무 세거나, 너무 허술해도 문제다. 얕게 박힌 못에 걸린 액자는 와장창 떨어지고, 힘의 방향조절을 못해 벽을 파고들지 못한 못은 구부러지거나 튕겨나가 돌이킬 수 없는 상처를 남긴다. 가정파탄이 이와 다르지 않다. 구실을 못하는 못은 장도리의 이빨로 아예 빼버리지 않는가.

대장장이였던 당숙은 시골집 마당 한켠에 차려놓은 대장간에서 늙었다. 시뻘겋게 달궈진 쇠는 당숙이 두들기는 망치질 장단과 담금질에 호미며 낫, 칼과 도끼로 태어났다. 대장간 허름한 틈으로 내려다보던 하늘은 장단에 홍이 났는지 기분 좋은 쪽빛이었다. 나는 경쾌하면서도 정직한 망치 소리로 당숙의 땀과 노동을 읽었다.

수평과 수직의 각이 정확히 90도여야만 하는 공격적인 망치질은 외곬의 군인과 닮았다. 한 우물만 깊게 판 끝에 달인이 되는 장인의 경지와도 같다. 망치는 잘못된 것을 두들겨 바로 펴는 데도 쓰인다. 법관의 망치질이 그렇다. 혼돈의 세상을 바로 잡는 행위의식처럼 나도 세상을 쾅쾅 두드려 평정해보고 싶은 유혹을 느낀다. 쓸 일이 없어 잠을 자도 좋을 망치도 있다. 화재나 교통사고가 났을 때 유리창을 깨고 탈출하도록 비치해둔 지하철 객실의 망치가 그렇고, 남의 가슴에 대못질하는 설화舌禍의 망치가 그렇다.

부드러운 망치도 있다. 몇 해 전 독일에서 수제과자 '슈니발렌'을 나무망치로 두드려 부숴먹은 기억이 있다. 어린아이 주먹만한 크기로 휴지를 뭉쳐놓은 듯한 딱딱한 과자는 두들기는 재미와 약간의 노동이 곁들어진 놀이가 미감을 자극했다. 고소한 맛이 유별났다.

망치처럼 두드리지 않고도 구멍을 뚫는 공구가 드라이버다. 망치가 타격으로 못을 박아넣는다면 드라이버는 악력으로 상대를 살살 달래면서 밀어넣는다. 남자가 관심 있는 여인에게 접근하는 방식은 망치처럼 직접적인 방법보다 드라이버와 같은 정교한 우회기술이 효과적이다. 그러나 자칫 정교함이 노련함이나 능수능란함으로 비쳐져서 바람둥이로 오인받을 소지도 있으니 유념할 일이다.

드라이버는 쓰임새에 따라 십자나 일자, 육각 등 다양하다. 구멍을 뚫고 파고들기도 하지만 조여진 나사를 푸는 데 요긴하다. 들숨과 날숨을 적절히 안배하는 노련한 마라톤 선수처럼,

인간관계의 조임과 풀어냄도 이와 같다. 너무 조였다 싶으면 풀어주고, 너무 풀었다 싶으면 눈치채지 못하게 조이는 아량과 요령이 살아가는 데 필요한 법. 이 또한 가장으로, 부모로, 스승으로, 직장상사로서 알아야 할 삶의 기술이다.

— 끌과 대패

끌이 파고드는 재주를 가졌다면, 대패는 깎아내는 재주를 가졌다. 끌은 붓이 생겨나기 전부터 사용된 도구다. 끌로 나무의 면에 금을 긋거나 모양을 새긴 것이 글자 구실을 하였다. 본격적인 건축도구가 되면서부터 끌은 구멍을 팔 때 주로 쓰이게 되었다. 끌은 저 혼자 임무를 수행할 수가 없다. 망치가 있어야 힘을 쓸 수 있고, 숫돌이 있어야 무딘 날을 예리하게 만들 수 있다.

끌은 섬세한 손을 가진 세공사, 혹은 예술가다. 못을 쓰지 않는 전통가옥을 지을 때, 기둥과 대들보와 중보를 접합하거나 조립하여 짜맞추려면 끌이 필수적인 연장이다. 파고 쪼고 맞물리는 일을 잘해야 건축물의 완성도를 높일 수 있다. 끌의 정교함으로 짜맞춘 고가구는 못을 쓸 필요가 없고, 그 이유로 가치가 높다. 어떤 일을 마무리함에 있어 끝까지 세밀하게 살피고 검토하는 작업은 끌이 하는 일과 같다. 대충 끝내려는 이에게 정교함과 섬세함을 자랑으로 삼는 끌은 엄한 꾸중을 내릴지도 모른다.

대패가 나무의 속살을 한 켜 한 켜 벗겨낼 때마다 향긋한 냄새가 난다. 나무의 결을 거스르지 않는 대패질은 섬세해서 끌의 정교함과 맞먹는다. 미농지처럼 일어나는 나무의 살결. 한때 유행했던 대패삼겹살을 떠올리면 입 안 가득 식감을 돋게 한다. 목수와 대패가 한 호흡으로 이루어내는 규칙적인 마름질에 세속의 욕망도 벗겨지지 않을까. 유능한 목수는 나무의 결을 잘 읽는다. 아름다운 무늬는 오랜 시간 속에서 이루어낸 나무의 역사이자 영혼이라는 걸 몸소 터득한 목수는 나무의 결을 거스르지 않는다. 삶의 흐름을 따라 잘 흘러가는 사람은 유능한 목수와 같다.

공구는 노동의 도구이자 놀이도구이다. 무엇인가 손에 잡고 땀을 쏟고 싶은 욕구는 공구를 만들고 그것을 통해 노동, 혹은, 놀이를 하는 것이다. 인간존재의 밑바탕에 놀이와 재미가 본질로 깔려 있다는 요한 하위징아의 말은 그런 의미에서 유효하다. 그래서 집을 지은 목수는 다시 연장을 챙겨 새로운 놀이를 찾아 자리를 털고 일어서는 것이리라. 어쩌면 공구학은 인간학이 아닐까.

우물

누가 말을 거는 것일까. 우, 우, 나를 깊숙이 들어왔다가 돌아나가는 소리. 가만 귀 기울이면 내 안에 우물 하나가 자리잡고 있는 듯하다.

빛의 반사나 굴절에 따라 빛깔이 달라지듯 기분에 따라 수심이 달라지는 그 우물은 생명의 고향인 어머니의 뱃속에서부터 비롯된 것일지도 모른다. 어머니는 두레박줄처럼 나를 탯줄로 잇고, 세상에 내보내고도 아직은 바닥이 깊지 않은 나를 조바심으로 지켜봤다.

얕은 동네 우물은 비와 바람과 눈을 고스란히 받아냈지만 맑은 날이면 하늘은 물론 주변까지 품었다. 곁의 호두나무는 제 그늘을 드리워주었고, 안부처럼 잎을 띄워놓기도 했다. 속을 다 내준 그 우물은 누구든 끌어들이는 마력이 있었다. 할아버지는 이른 아침 낫을 갈고, 들일을 마치고 돌아오면 농기구를 씻으며 목을 축이셨다. 어린 손자들을 불러내 등목을 시켜주기도 했고, 걷어올린 베잠방이 아래 한 바가지 물을 붓곤 질척거리는 걸음을 옮기셨다. 그곳은 동네 아낙들의 모임장소여서 펼쳐든 신문처럼 새로운 입소문이 귀를 모았다. 방망이질 소리가 한낮을 울리고 웃음이 쏟아질 때면 미나리꽝 미나리가 귀를 파랗게 세우고, 전분을 내는 감자항아리가 보초를 섰다.

한번도 메마른 적 없는 얕은 우물은 나와 닮았다. 속이 빤히 들여다보이는 나는 눈치를 들키기 일쑤여서 허드렛물처럼 쏟아내는 말에도 파문이 진다. 가벼운 바람이나 작은 돌, 청개구리 한 마리에도 쉽게 놀라고 흔들린다.

도무지 속을 알 수 없는 날도 있다. 그런 때의 나는 까마득히 깊은 동네의 또 다른 우물이다. 산비탈 언덕배기에 있던 그 우물은 여름에는 누군가의 냉가슴이듯 차고, 겨울엔 물맛이 따뜻했다. 장정 다섯쯤 세운 만큼의 깊이인 물의 원천은 산이었다. 머루와 더덕과 도라지에서 걸러낸 푸른 입자들이 모이고, 소나무와 떡갈나무의 수관을 거친 정화된 수액이 몸에도 좋았다.

밥 지을 물은 그곳에서 길어올렸다. 부엌 한쪽 물독을 채우는 일은 고모와 누이들의 몫이었다. 머리 위에 똬리를 얹고 그 위에 물동이를 올렸다. 입으론 똬리 끈을 물고 손으로는 연신 물을 훔뿌리며 바지런히 걷던 기술이 신기해 나는 그들을 종종 따라가곤 했다. 물 긷는 일을 도울 때도 있었다. 두레박을 잡을 때면 두려움 반 호기심 반, 몸의 북채가 심장 저 안쪽을 둥둥 두드렸다. 깊고 어두운 곳에 두레박을 텅, 떨어뜨릴 때면 알 수 없는 깊이의 무언가가 곤두박질쳤다.

깊이를 모르는 그 우물은 신비로웠다. 반원 뚜껑을 열고 들여다보면, 먼 곳 하늘이 흘렀다. 우물가는 늘 정결했고 고요와 정적이 감돌았다. 우물 속으로 몸을 기울여 고함을 지르면 한 바퀴 휘 돌고나오는 소리는 음산했다. 그 안에 누군가 웅크리고 있어 답을 해주는 거라고 믿었다. 깊은 만큼 울림이 컸지만 제 속을 쉽게 드러내지 않는 우물. 누군가의 말에 쉽게 흥분하고 흔들리는 나지만, 한편으론 속을 헤아리기가 어렵다는 말을 듣곤 한다. 때로 나의 진의가 왜곡되는 것은 보이지 않는 수심水心 때문이다.

우물의 비밀이 드러나는 때가 있었다. 해마다 청소가 치러지는 봄날이 그때였다. 큰일을 앞둔 목욕재계처럼 어른들은 짚수세미로 석축에 붙은 이끼를 교대로 닦아냈다. 큰 두레박을 조심스럽게 우물 속으로 내려보내면 컴컴한 비밀을 품고 있는 그 속은 묵인이라도 해주려는지 그날만큼은 어둔 소리를 올려보내지 않았다.

바닥이 보일 때까지 물을 퍼내면, 다음은 덩치 작은 내가 내려갈 차례였다. 중학생이던 내게 딱 맞는 그 일은 우물 속 부유

물을 건어올리는 것이었다. 팬티만 입고 망태기에 담겨 우물 안으로 들어갔다. 도르래가 줄을 풀어낼수록 좀 전의 호기심은 두려움으로 변했다. “하늘만 쳐다봐!” 어른들 목소리가 머리 위로 쏟아졌지만 눈은 바닥으로 향했다. 서늘한 기운이 온몸에 들러붙은 어둑한 안쪽과 환한 바깥은 확연히 달라서 장에 가신 어머니와 일 나가신 아버지의 부재가 더 큰 공포심을 일으켰다. 부모님의 속 깊은 우물에서 세상 모르고 자라던 한 마리 개구리였던 내 안에 자리잡은 불만처럼 바닥엔 신발짝, 호미자루, 쥐불놀이하던 깡통 같은 것들이 묵은 낯을 드러내고 있었다.

순식간 높이를 내리는 고층 빌딩 엘리베이터에서 그날의 공포를 느끼곤 한다. 깊이 모를 우물 속으로 빨려내려가는 듯한 현기증에 두 손을 꼬옥 쥐기도 한다. 먼 그날, 끈에 매달려 다시 바깥으로 나왔듯 나의 깊은 우물에서 오래도록 머물지는 않을 것이다.

어떤 날은 감정이 줄줄 새고 또 어떤 날은 강팍하게 메마르기도 하는 내 속. 너무 깊어 알 수 없거나 너무 얕아 환히 드러나는 나의 우물이 매일 불안한 수위를 조절하고 있다.

숟가락

수액 몇 개가 링거대에 달려 있었다. 기력을 채우기 위한 링거 주사쯤이야 대수롭지 않게 흘려버릴 일이었다. 그러나 어느 날, 우연히 목격한 노인의 목엔 호스가 꽂혀 있고 그 관으로 가족이 유동식을 흘려넣고 있었다. 노인의 삶은 죽음 쪽으로 더 쏠린 듯했다.

숟가락은 살아 있음을 증명하는 도구다. 객관화된 일상에서 오직 나만을 위한 주체적인 삶의 행위가 숟가락질이다. 손가락과 손목관절이 동원되는 하루 세 번의 노동은 그래서 신성할 수밖에 없다. 거룩하다고 해야 마땅할지 모른다. 기력이 떨어질 것 같으면 몸은 수시로 신호를 보내고, 손의 노동은 바로 시작된다. 식은 방을 덥히기 위해 아궁이에 불을 때듯 숟가락질은 몸에 불을 지피는 의식이다. 때 맞춰 비워지는 위胃이지만,

그것을 채우지 않고서는 다른 즐거움이 생기지 않는다.

직선의 끝에 붙어 있는 이파리 한 장. 30그램의 밥과 5그램의 국을 뜰 수 있는 오목한 잎, 숟가락. 아파트 저편 숲은 얼마나 많은 숟가락을 키우고 있는 것일까? 나무는 무엇이 숟가락 역할을 하는 것일까? 숟가락을 닮은 물음표가 호기심 언저리를 서성인다.

어떤 이는 양분을 길어올리는 나무의 뿌리가, 어떤 이는 햇볕이나 빗물을 받는 이파리가 숟가락이라 말할 수 있겠지. 바람과 햇살과 공기를 고루 떠먹는 나무도 우리처럼 스스로의 수저질로 영양을 조절하고 있지 않은가. 햇살이 뜨거우면 바람으로 식혀먹고, 목마르면 비로 갈증을 달래기도 하면서. 기후에 따라 달라지는 식사는 가뭄에 목이 타들어갈 것이고, 장마엔 허천나게 물을 들이킬 것이다. 숟가락질이 어려워진 나무는 어떨까. 언젠가 본 병든 소나무는 종족번식의 본능이 되살아나는 것인지 평소보다 배나 많은 솔방울을 주렁주렁 매달고 있었다. 마치 환자가 여러 개의 링거로 연명하듯.

천변의 왜가리와 오리를 떠올린다. 머리에서 목으로 연결된 부분은 히브리 문자 같기도 하고, 숟가락 모양을 연상시키기도 했다. 엄밀히 말하면 수저 역할을 하고 있는 부리가 '움직이는 숟가락'이다. 사람이 사용하는 수저는 그 용도에 따라 다양하듯 오리는 주걱 모양이고, 독수리는 갈고리, 참새는 기호 ∠와 닮았다. 반면 벌새는 참새의 그것보다 가늘고 길다. 부리를 물속에 넣고 저으면서 먹잇감을 찾는 저어새는 '숟가락부리', 스픈빌spoonbill이라 불린다. 음식이 가깝거나 먼 것에 따라 숟가락의 길이가 달라지듯, 새들의 목과 부리도 먹이를 취하기 쉽게 발달했을 것이다.

먹고 일하고 잠드는 평범한 일상이 얼마나 귀한 일인가를 잊고 살았다. 삼시세끼 밥 굶지 않는 일이 얼마나 다행인가. 때마다 가지 끝에 꽃을 피우는 나무와 봄날 길섶에 피어난 민들레꽃 한 송이는 얼마나 치열했는가. 물에서 열심히 주걱질을 하는 오리의 몸짓은 또 얼마나 경건한 일이던가. 나무 한 그루, 풀 한 포기, 작은 새들이, 설사 하루살이라 할지라도 함부로 방해하거나 훼손해서는 안 되는 일이었다. 살아 있는 것들만이 할 수 있는 먹는 일의 충직한 시종侍從, 숟가락은 위대하다 하지 않을 수 없다.

주린 짐승처럼 달려드는 허기는 공포다. 기력이 고갈되어 더 이상 숟가락을 들 수 없을 때, 허공을 채우려는 욕망이 불가한 허망임을 비로소 알게 된다. 이립옹李笠翁은 '조물주로부터 받은 인체의 기관 중에서 아무 쓸모없는 것이 입과 밥통'이라 했다. 그것이 있어서 먹어야 하는 문제가 복잡해졌다고 한 것은, 먹는 일의 거룩함을 역설적으로 풀어낸 말이리라. 가사에서 손을 뗀 연로한 어머니는 때마다 밥상에 수저를 놓는 일을 고집하셨다. 자식들에게 손수 밥을 챙겨주지 못함을 숟가락 놓는 것으로 대신하고 싶은 간절함이었다는 것을 뒤늦게야 알았다.

어떤 음식도 너그러이 떠안는 포용은 숟가락의 미덕이다. 음식을 찍는 포크나 집는 젓가락과 달리 따듯함과 정성을 담아낸다. 병든 사람을 치료한다는 것은 다시 숟가락을 들 힘을 회복시켜주는 일. 옛사람들이 숟가락을 무덤까지 가져간 것은 죽음이 삶의 종착점이 아니라 삶의 연장선에 있다고 믿었기 때문이다. 살아서 받는 밥상이나 죽어서 받는 제사상이나 수저가 놓이는 것도 그 때문일 것이다.

늘 제 수저를 소지하는 이들이 있다. 정갈하게 포장지로 씌운 음식점의 수저마저도 믿지 못한다는 그들. 수많은 입을 맛보았을 공용의 수저는 내 것이 아니어서 나만을 위한 식사가 아니라는 이유에서일 것이다. 야전 생활에 익숙한 병사들은 숟가락을 늘 군복 앞주머니에 지닌다. '총은 잃어버려도 숟가락은 잃어버리지 말라'는 농담처럼 수저는 몸을 지탱하는 필수도구다.

쌀농사는 여든여덟 번의 일손으로 짓는다. 그 정성을 알기에 황송한 밥상 앞에서 공손히 수저를 집지 않을 수 없다. 먹는 일의 경건함은 숟가락을 듦과 동시에 가지는 마음가짐이다. 그래서였을까, 최고의 보시布施는 상대의 손을 잡아끌어 숟가락을 쥐어주는 것이었다. 음식을 깨작거리면 '복이 달아난다'고 어른들이 불호령을 내린 것도 그 때문이다.

상추에 밥을 얹고 고추장 찍은 삼겹살 한 점을 보태 큼직하게 쌈을 싼다. 두 손으로 움켜쥐고 맛나게 먹는 순간에도 누군가는 쓸쓸이 숟가락을 놓고 있을 것이다. 밥통을 채우는 즐거움과 그것을 채울 수 없는 슬픔을 지켜보는 숟가락. 철이 든다는 것은 그 작은 숟가락이 얼마나 대단한 일을 하는 것인지를 알아가는 것이리라.

오늘도 밥상 앞에서 공손히 숟가락을 집는다. 아니, 숟가락을 모신다.

단추

어디로 떨어져 나갔을까. 황급히 도망치며 잘라낸 도마뱀 꼬리처럼, 실마리만 붙어 있는 허전한 자리. 사건의 단서는 묵비권을 행사하고 있다.

"엄마, 단추 떨어졌어요."

며칠째 헐겁던 실밥이 풀리며 교복 단추가 떨어졌다. 실과 바늘을 챙긴 어머니, 급한 대로 등굣길의 나를 세워놓고 서둘러 단추를 달았다. 혹여 바늘이 목에 상처를 낼까 고개를 젖혔지만, 어머니는 능숙하게 매듭을 짓고 입으로 실을 끊었다.

그때, 훅 풍겨오던 엄마 냄새는 어느 향수보다도 좋았다. 어디로든 뛰쳐나가고만 싶었던 사춘기처럼, 단추는 내 몸을 빌려 제 가고 싶었던 곳으로 떠나고 싶었을까. 그러나 나는 어머니 반경 안에 있어 늘 그 곳에 달려 있어야만 했다. 어머니가 달아 주신 그 단추처럼.

마냥 그 자리에 있을 것 같은 어머니는 두해 전 영영 떠나셨다. 어머니가 남긴 실마리는 애틋해서, 허전한 자리를 그리움이듯 매만지곤 한다.

"너무 조이지도 말고, 너무 느슨하지도 마라."

입버릇처럼 강조하는 나는 내 아이들에게 어떤 단추일까.

길가 망초꽃 하얀 단추가 느슨한 여름 한낮을 단단히 여미고 있다.

신발

우사牛舍를 연다. 갇혔던 냄새가 일제히 코끝으로 달려든다. 제 익숙한 길로 달려가고 싶은 것들. 오랫동안 매어 있던 탓일까, 일어서던 관절이 무너지듯 주저앉는다.

어느 초원을 누비던 우공牛公인가. 제 살과 장기를 모두 내주고 무두질한 수많은 길을 이끌고 내게 찾아온 것들. 그들을 코뚜레에 꿰어 야전으로, 도시의 아스팔트로 끌고 다녔다. 우렁우렁 깊은 눈, 슬픔도 잠시 말뚝에 매어두고 주인이 가고 싶은 곳으로 이끌려간 것들. 반항은 금물, 복종만이 그들이 살 길이었다. 주인에게, 아니, 주인의 또 다른 상전에게 수없이 고개를 조아려야 했다.

이제 노쇠했다는 이유로, 주인 취향에 맞지 않는다는 이유로, 컴컴한 신발장에 몰아넣은 것들. 한때는 건강한 그것들이 세상의 돌부리에 채이지는 않을까, 넘어지지는 않을까 염려도 했다. 어느 날 매복한 적들에게 다친 코끝이 안쓰러워 약을 발라주며 어서 낫기를 기원하기도 했다. 세상을 향한 뿔은 제 구실을 하지 못한 지 오래라는 걸 알면서도 그들을 대신해 성을 내지도 못했다. 그러나 잠시, 점점 몸이 늙어갈수록 관심도 줄어들고, 어느 집에 새 종種이 들어왔다는 소식에 마음은 그리로 향했다.

얼마나 서운했을까, 이제는 길도 침침해진 그것들. 오래된 사이일수록 예의를 갖춰야 하건만 믿음직스럽다고, 편하다고 함부로 대했다. 화풀이를 그것들에게 해대는 통에 아무 벽에나 뿔이 받히기 일쑤였던 그들이었다. 주인을 위해 일부종사한 그것들을 밤이면 우사에 처박아두고, 때로는 노상에 잠을 부리기도 했다. 그래도 주인이 잠깨기를 기다렸다가 다시 익숙한 길로 안내한 우직한 충신. 해줄 수 있는 건 혹사한 뒷발을 스페어타이어처럼 충전시켜주는 것이 전부였다.

이제 그들을 놓아주어야겠다. 익숙한 길에 싫증이 날 대로 난 그들에게 새로운 길을 마련해주어야 했다. 아니, 그들이 싫증이 난 것이 아니라 내가 싫증이 난 것일 테지만.

허약한 몸이라고, 이제 갈 길은 딱 한 곳밖에 없다고, 조용히 쉬게 해주려고도 했다. 그러나 곰곰 생각해보니 다람쥐 쳇바퀴 돌 듯 정해진 노선으로만 몰고 다닌 그것들이 안쓰러워졌다.

새로운 주인들을 그들에게 보내주어야 한다. 여태껏 가지 못한 길, 마음 놓고 초원을 누비던 원래의 태생처럼 그들은 멀리 바다 건너로 보내던가, 어느 알뜰한 집 살림꾼으로 보내야만 한다. 그들을 아끼는 또 다른 주인들은 마음이 살뜰해서, 좋아하는 먹이로 낯빛을 바꾸어 애지중지 우사에 모셨다가 아침이면 새 노선으로 갈아탈 것이다.

쿰쿰한 냄새를 옛 정처럼 남긴 채 코뚜레를 벗은 그들. 시원섭섭한 마음을 접고 그들을 떠밀듯 내보낸 내게 '아름다운 가게'는 '기부천사'라는 푸른 이름표를 남겨주었다.

주전자

'酒전자'. 붉은 글씨가 시선을 낚아챘다. 술 주酒, 삼 수 변만 보아도 컬컬한 목이 확 트일 것 같다. 기발한 간판의 불콰한 기운이 가슴 저 안쪽에서 올라온다. 막걸리가 양은 대접으로 콸콸 쏟아질 것만 같다.

한 잔 걸치고 싶은 퇴근 무렵, 저 간판이 방앗간을 그냥 지나치지 못하는 군상들을 불러모을 것이다. 내 예상이 빗나가지 않았다는 듯 간판 옆으로 집어등集魚燈처럼 매달린 주전자들은 하나같이 찌그러져 있다. 하기야 점잖은 얼굴로 나올 수 없는 곳이 주점이다. 화풀이라도 할 냥이면 냅다 무언가를 발로 차야 할 것, 주전자가 온전할 리가 없다. 양은 주전자가 매끈하다면 대폿집은 서민과 거리가 멀다. 만만한 발길들이 지나갔듯, 화풀이로 내던졌듯, 철지난 사연들을 매달고 있다.

주전자는 모양부터 순박하다. 믿음직스러운 몸통과 주구의 높이에 맞춰 나란히 솟은 날렵한 주둥이와 이동이 편리한 안정된 손잡이. 열기의 퇴로를 만들어준 구멍 뚫린 뚜껑이 전부다. 미적 가치보다 실용성에 바탕을 두었다.

그릇은 무엇을 담느냐에 따라 격이 달라진다. 먼 시절, 교실의 물주전자도 누런 양은이었지만 그 주전자에는 막걸리가 담겨야 제격이다. 사람의 뱃속에 매일 술을 채워 넣는다면 벌써 탈이 났을 테지만, 주전자는 술술 받아들이고도 끄떡없다. 찌그러진 주전자와 막걸리는 천생연분이다. 불룩한 몸통만큼이나 푸짐하게 담긴 막걸리가 애환을 흘리고, 젓가락 장단으로 숙성시킨 육두문자가 대접으로 쏟아져 나온다. 텁텁한 인정을 담아 마시고 흥에 취하면 맺혔던 응어리가 풀린다. 주전자만큼 희로애락을 함께하는 주방도구가 있을까.

변변한 간판 하나 없는 주막의 주모는 초로의 과부였다. 장애아를 낳았다는 이유로 무일푼으로 내쫓긴 그녀가 할 수 있는 만만한 일은 없었다. 군부대에서 나오는 잔반을 얻어다 돼지를 키웠다. 그것이 여의치 않자 궁여지책으로 잔반을 깨끗하게 씻어 발효시킨 막걸리를 만들어 팔기 시작했다. 주머니 가벼운 군화들이 몰려들었다. 그러나 싼값에 취해 주전자까지 싸게 보았다가 낭패를 보곤 했다. 막걸리 한 주전자 더 시키면 안주가 떨어지고, 안주 하나 더 시키면 술이 떨어져 끝내 얄팍한 지갑

이 다 털리기 때문이었다. 큼큼하게 익은 술을 마시기 위해 그 실팍한 주둥이를 빨곤 했다. 동료들과 돌려마시던 '공동운명주'는 주전자째 들이켜야 제 맛이 돌았다. 주머니 사정이 좀 나을 때면 부침개나 두부와 도토리묵이었고 보통은 김치가 안주의 전부였지만, 서로의 속내를 꺼내 주고받던 가슴 확확한 시절이었다.

기억 속 또 하나의 주전자가 있다. 여드름이 막 잦아들던 시절, 그는 주전자를 화풀이용으로 사용하곤 했다. 시골에 살았지만 직장생활을 하던 터라 논밭으로 막걸리를 나르거나 물을 담아내는 일은 드물었다. 간간히 넥타이가 풀린 날이면 취기어린 말을 입이 걸은 주전자처럼 되풀이해 쏟아냈다. 점점 더 화가 복받치면 죄 없는 주전자를 냅다 걷어차거나 던지기 일쑤였다. 밖에서 미처 소화시키지 못하고 담아온 부글거리는 화를 토하듯 쏟아내는 것이었다. 빈 주전자는 없어서는 안 되는 그의 분풀이 도구, 엄포의 표적은 그의 아내였다. 그러나 신기하게도 쏘아댄 포탄은 벽이나 땅바닥에서 터져버리기 일쑤여서 늘 그녀를 비껴가는 것이었다. 의심스러운 그의 헛손질에 나는 안도하기도 했다. 그런 그가 한심하고 딱해 보이기도 했지만, 나는 마음 한구석에 그에 대한 연민을 담아두고 있었다. 발길이나 손에 휘둘린 주전자는 바로 그의 모습이었다. 밖에서 채이고 내동댕이쳐진 그가 할 수 있는 유일한 출구로 보였기 때문이었다.

묵묵히 화를 받아내고 삭이는 그의 아내. 안으로만 찌그러드는 주전자를 닮아서인지 속을 끓이는 것도, 푸념과 투정도 고작 그 안에서만 끓다 잦아들었다. 절대로 감정을 밖으로 드러내지 않았다. 가끔 주전자가 주둥이를 통해 찔끔거리듯 홀로 중얼거리다 이내 잦아들었다.

그녀의 작은 손은 야무졌다. 쭈그러진 주전자를 그냥 내버려두는 법이 없었다. 방망이를 넣어 살살 두드려 폈다. 마치 허물어진 성곽을 보수하는 석공처럼, 쭈그러든 가정의 울타리를 고치는 것도 언제나 그녀의 몫이었다. 주전자 손잡이가 휘어졌다는 것은 온 가족의 무게를 들어올리는 가장이 다쳤다는 것, 그녀는 질긴 노끈으로 촘촘히 감아주었다. 놀라 달아난 뚜껑 꼭지를 찾을 때면 지붕 뚫린 집 마냥 비가 샐까, 천으로 감싸 제자리에 틀어박아주기도 했다. 그녀는 묵묵히 제 믿음을 지킨 주전자였다. 하기야 점점 황폐해지는 가장과 어린 자녀를 지키기 위해 그녀가 할 수 있는 최선의 길은 그것밖에 없었을 것이다.

주전자는 채운 만큼 베풀 줄 아는 인심을 지녔다. 비정한 것을 멀리하고 고달픈 사람은 다독인다. 그들을 위해서라면 쓰린 제 속을 달래고 참아주는 인내심을 발휘한다. 내동댕이쳐져도 덜거덕거리며 안으로만 우그러들 뿐 절대 밖으로 돌출시키지 않는다. 걷어차여도 깨지지 않는 근성은 툭툭 털고 다시 일어선다.

우그러진 주전자를 바라보면 기쁨보다는 슬픔이, 슬픔보다는 절절한 외로움이 울컥울컥 제 시절을 쏟아내고 있다.

어금니와 송곳니

"우리 아이 젖니 모아놓은 거예요"

여자가 소중히 보관해둔 봉지 속에서 작은 석류알들이 나왔다. 아이의 몸을 수년간 거쳐간 체온 묻은 것들. TV 속 중년여인은 기억을 만지작거리며 맑게 웃었다.

실이 팽팽히 조일수록 나는 두려움을 두 손으로 꼭 말아쥐었다. 감은 눈 속에 살짝 비친 누나가 긴장을 풀려는 듯 뜻 없는 말을 내뱉는 순간, 대롱대롱 공중을 날아간 앞니. 눈물 한 방울이 떨어지고 "헌 이 줄게 새 이 다오." 노래를 날개 달고 이는 지붕으로 날아갔다.

미운 일곱 살, 앞니 빠진 얼굴은 막 시작된 심술과 겹쳐 못나보였다. 빠진 자리가 허전해 손으로 물건을 쓸어보듯 혀는 빈자리를 더듬었다. 어떤 기대감 혹은 아쉬움이 동시에 들었지만, 지붕으로 날아간 시간은 어느새 새로운 시간을 선물했고 새싹처럼 돋은 이는 유난히 하얬다. 하나둘 유년을 갈아치운 그 이로 수십 년간 버티면서 얼굴의 주름만큼 치아도 변했다. 색이 변하고 잇사이가 벌어지고 벌레 먹은 것들도 생겨났다.

이가 또 말썽이다. 은밀한 곳일수록 어둠과 친하다. 동굴 속에 들어앉은 비밀의 암석, 어금니가 벌레에 노출되는 것은 당연하다. 비밀인 구석에서 벌레는 제 먹이를 야금야금 갉아댄다. 활짝 웃어도 잘 드러나지 않은 은신처를 잡은 치밀함은 통증이 올 때에야 알게 된다.

보이지 않는 곳에 있다고 무시할 수 없는 것이 어금니다. 치아의 기능 절반을 차지하는 만큼이나 사용빈도가 높다. 묵묵히 제 소임을 다하는 소와 같아서 오랜 반추에 곁들인 초식의 여유로움은 덩치를 키웠다. 내가 이만큼의 건강을 유지하는 것도 어금니가 음식을 잘게 부수고 맷돌처럼 갈고 으깨어준 덕분이다. 이제껏 섭취해야 할 것들을 씹지 못한 채 목구멍으로 넘겨본 적은 없다. 그런 어금니에게 해줄 수 있는 것은 부지런히 청소해주는 것뿐. 혹여 이방인이 들듯 이물감이 느껴지면 빼내어주고 벌레가 생기면 치료로 보완해주는 것이다. 그러나 썩은 이를 갈아내거나 치석을 제거하는 소리는 공사장의 바닥을 뚫는 소음 같아서 온몸이 다 무너져 내릴 것 같다. 치과에 나를 맡기는 것은 주기적인 검진으로 이를 살피고자 하는 것, 치과와 나와의 관계는 마치 악어새와 악어처럼 공생관계다.

음식을 잘게 찢는 송곳니는 개에게 잘 발달되어 있어 견치犬齒로 불린다. 육식동물에게 송곳니는 무기다. 이빨을 드러낸 채 으르렁거릴 때의 날카로운 송곳니는 오싹 소름을 돋게 한다. 엄포 혹은 적의다. 공포를 주기에 딱 맞는 치명적인 무기다. 사람은 잡식성이어서 송곳니의 예리함은 둔해졌다지만, 그 역할마저 사라진 것은 아니다. 송곳니는 어디까지나 저작咀嚼을 주로 하는 어금니의 보조라 할 수 있다. 그것이 드라큘라의 이빨처럼 자랐다면 상상만으로도 끔찍하다. 웃을 때 살짝 드러나는 송곳니가 매력인 사람도 있으니 미적 기능도 겸비하는 모양이다. 그래도 적의를 표현할 때 송곳니를 드러냈다고 하는 걸 보면 독한 면이 있어서일까, 송곳니는 충치에도 강한 모양이다.

사냥감의 숨통을 끊는 살상무기. 물어뜯고 찢어야 직성이 풀리는 공격성은 위험천만한 정글이 아닌 현실의 삶에서도 드러난다. 송곳니는 분노를 참지 못하고 기어이 성질을 드러내는 무자비다. 약점만 보이면 하이에나처럼 집요하게 달려들어 갈기갈기 찢어발기는 천박한 권력이다. 철지난 이념의 굴레를 벗어나지 못한 상대편 죽이기는 힘없는 밥그릇 앞에서 위세를 떨친다.

몸 안에 소와 같은 순한 초식동물을, 사자 같은 육식의 맹수를 키운다면 사람은 어느 쪽에 가까운가. 씹는다는 것은 거친 것을 순화시키는 과정이다. 음식만이겠는가, 일상에서 겪는 분노와 울분, 불안과 걱정을 씹고 또 씹어 삼키다보면 어느새 마음의 평정을 얻는다. 퇴근길 소주잔을 앞에 놓고 직장상사도, 힘들게 한 고객도 안주삼아 씹는다. 그러면서 잊고, 다음날 가뿐히 넥타이를 고쳐 매는 것이다. 세상의 험한 꼴을 수없이 되새김질하면서 인내와 관용의 목구멍으로 넘겨주는 어금니다.

보이는 것이 전부는 아니다. 적의를 드러내는 것이 송곳니라지만, 설움이나 분노, 치가 떨림을 지그시 깨물어 다음의 앙갚음과 복수를 기약하는 것은 보이지 않는 무서움이다. 드러나는 송곳니보다 더 무서운 것이 어쩌면 어금니가 아닌가.

하지만 생각하기 나름, 송곳니와 어금니의 협업은 부부처럼, 동지처럼 불가분의 관계를 갖는다. 아래턱이 옆으로 움직일 때 송곳니는 턱이 움직이는 방향을 유도하면서 어금니가 닿지 않도록 한다. 송곳니가 제 기능을 발휘하지 못하면 어금니가 빨리 상실되고, 어금니가 상실되면 다른 이들도 쉽게 흔들린다. 또한 송곳니가 없으면 얼굴 골격이 변형된다. 잘게 찢어주는 수고가 있어 어금니는 씹고 갈고 으깰 수 있다. 극히 드믄 경우가 아니면 송곳니를 건들지 않는 것은 그런 연유이다. 앞에서 끌어주고 뒤에서 받쳐주고, 선두가 힘들면 잠시 뒷사람이 선두가 되는 역할. 지나온 시간을 돌이켜보면, 송곳니와 어금니 역할을 해준 사람들이 있다.

평화와 폭력을 함께 아우르는 치아는 야누스의 두 얼굴처럼 한몸에 존재한다. 어쩔 수 없는 양면성이다. 하지만 인간의 숨겨진 어떤 야만도 씹는 행위의 여유 속에서 순치馴致될 수 있다. '빛과 어둠은 본디 한몸'이었으므로. '이리와 어린 양이 함께' 먹는 평화로운 초원을 입안에 지닐 수 있게 된 것도 행운이 아닌가.

손수건

초등학교 입학식 날 어머니가 교복 윗저고리에 핀으로 찔러준 손수건. 몸가짐을 정갈하게 하라는 뜻이 담긴 그것은 일종의 증표였다. 학교 울타리 안으로 들어왔다는 진급의 의미, 이제는 소매로 땀이나 코를 훔칠 나이를 벗어났다는 표시였다.

하루의 안녕을 기원하는 마음을 담아 내 작은 가슴팍을 톡톡 두드리며 달아주던 손길은 이미 멀어지고, 이제 손수건은 아침이면 하루도 거름 없이 거실 탁자에 놓인다. 아내가 준비해놓은 그것이 바지 주머니로 들어가야만 내 외출 준비는 끝이 난다.

요즘은 휴대용 티슈를 가방에 챙겨 넣고 다니니, 손수건이 감당하는 몫도 줄었다. 일회성 편리함에 밀려 손수건은 본래의 용도에서 멀어졌지만, 그것에 깃든 감성만큼은 비교불가다.

누군가 서러움에 복받쳐 울고 있을 때, 슬픔을 찍어낼 수 있도록 건넨 손수건은 고마움이며 따스함이다. 마치 상대방의 인격과 체취가 그대로 전해오는 듯해서, 감히 맘껏 눈물을 닦아내지는 못해도 은근히 그의 매너에 빠지게 한다. 슬픔에 공감한다는 마음이 읽히기에 동질감마저 느낀다. 격식을 갖춘 자리, 티슈로는 손수건의 정갈함이나 센스를 따를 수 없다. 품격 혹은 에티켓은 손수건이 최고다.

땀을 닦든 눈물을 닦든 내 표정을 훔쳐낸 그것이 함부로 휴지통에 버려진다는 건 마치 내가 함부로 버려지는 느낌이다. 정갈하게 빨아 네 모서리를 맞춰 접은 손수건은 나를 존중함이기도 하다.

가슴에 달렸던 하얀 손수건은 무언의 가르침이었다. 명함처럼, 함부로 구겨버리지 않는 나의 체면이었고 나를 나답게 만드는 품위였다.

아주 소소한 것 하나가 나를 만든다.

"손수건 챙기셨나요?"

자칫 잊기 쉬운 품위를 일깨우는 지극히 소박한 물음이다.

나를 소지한 것들

나를 에워싸고 있는 소지품들. 그들이 없으면 무언가 허전하고 몇 걸음도 나아갈 수 없을 만큼 불안하다. 몸에 걸치거나 손에 드는 생명 없는 것들은 나를 대변하고 내 호흡을 따라 이동하고 움직인다. 그것들은 단순한 소지품이 아니다. 그들 없이 나의 하루는 완성되지 않는다.

— 안경

덧씌웠던 시력을 머리맡에 벗어놓는다. 미간 아래가 허전하다. 마치 그 자리에 있어야 할 것 같은 견고한 착각. 습관이란 얼마나 무서운 것인가. 콧잔등을 만져본다.

종일 내 눈을 따라다니다 밤이 되어야만 온전히 내 모습을 볼 것이라는 생각에 머리맡이 신경 쓰인다. 하루 종일 풍경을 전송하며 나의 눈치를 살폈을 것이다. 멀리 있는 것을 가까이 끌어다주고, 가까운 것을 확대시키고, 흐릿한 것을 선명하게 보여주느라 얼마나 고단했을까. 눈동자가 확대되거나 축소될 때마다 놀라거나 겁을 먹었을까. 긴장과 이완의 연속이었을 것이다. 대충 넘겨도 괜찮을 것들을 상세히 전달함으로써, 나는 또 얼마나 쓸데없이 참견을 하고 걱정을 만들어냈는가. 얼마나 많은 편견을 덧입혀 내 기준으로 생각하고 행동했는가.

둘러보니, 선명하던 시계視界가 흐릿하다. 문득, 내가 세상을 읽은 것이 아니라 안경이 세상을 읽었다는 생각을 한다. 동그랗거나 사각의 틀에 갇혀 나는 세상을 오독했다는 것일까. 뿔테에 갇힌 두 개의 렌즈가 사물의 본질을 왜곡하고, 나는 그것을 진실로 받아들인 것이었을까.

안경이 사물을 왜곡하게 했을까? 본질을 왜곡한 것은 내가 아니었던가. 그런 내게 사물을 직시하라고, 안경은 내 흐릿한 시력에 선명함을 덧입혀준 것이다. 네모 아니면 동그라미. 나의 고집스런 틀을 걱정하며 더 정확하게 보라는 사명감을 덧씌워준 것이었다. 시력검사를 받고 안경을 교체하듯, 편견의 안경, 선입관의 안경, 세계관의 안경을 교정해야 할지도 모른다.

— 스마트폰

이브의 사과가 이토록 유혹적이었을까. 한입 베어문 스티브

잡스의 사과가 호기심을 자극한다. 반짝, 화면이 켜지는 순간부터 정신을 앗아가는 사이버의 세계다. 수많은 이름과 기이한 사건과 과거와 현재가 응집되어 있다.

알라딘의 마술 램프가 이럴까. 네모난 액정을 톡톡 건드리면 지니처럼 앱이 펑, 하고 나타나 세상의 온갖 정보와 재미를 갖다바친다. 공중파를 요리하는 사이버 공간에서 새로운 삶을 주도하는 디지털 노마드들에게 스마트폰은 단순한 전화기를 넘어선 지 오래다.

스마트폰이 손을 떠나면 불안하고 초조하다. 밥을 먹으면서도, 상대의 말을 들으면서도, 걸으면서도, 심지어 화장실에서도 눈길을 멈추지 않는다. 특별한 목적이 없이도 하루 수십 번 습관적으로 열어본다. 주머니 속보다는 손에 쥐어야 마음이 편한 시계이자 오락기이자 우편함이자 명함 모음집이다.

모처럼 아이와 함께 걸으며 이야기를 하고 싶은 엄마는 거리의 풍경에 반응을 떠보지만 메아리가 없더라고 했다. 아이는 이어폰을 낀 채 음악에 몰입해 있었다. 문득 엄마의 시선을 느낀 아이가 얼른 이어폰을 뺐고 궁금한 눈빛을 보냈다. 엄마는 할 말을 잃었다. 같은 길을 걷지만 서로 다른 세상에 머물고 있는 느낌이더라고 했다.

길에서 길을 잃고, 밥에서 밥을 잃고, 말에서 말을 잃는다. 멀리 떨어진 이와는 가깝고 바로 옆의 사람과의 소통은 멀다.

과열된 입이 불을 지르고 지나친 상상력이 누군가의 엉덩이에 뿔을 달고 이마에 혹을 심는다. 뛰쳐나온 유언비어가 새로운 괴물을 확대재생산하기도 한다. 쉼 없이 글을 쓰고, 저장하고, 복사하고, 송출시키면서도 책임감이 없는 익명의 세상이다. 의문이 생기면 언제든 물으라고 유혹하는 손 안의 마술 램프. 기억력을 감퇴시킬 수밖에 없다. 편함에 길든 우리는 그것의 노예가 되어간다.

얼굴도 모른 채 표정을 마주하지 않는 관계를 소통이라고 착각하고 있는 것은 아닐까. 모든 비밀을 알고 있는 그것이 없다면 뇌를 잃은 듯 깜깜할 것이다.

— 가방

그날의 기분에 따라 달라진다. 어느 재질인가, 어떤 모양인가로 외출이 구별된다. 그 기분은 밖에서 만들어져 안으로 들어오고, 기분에 따라 나의 하루가 좌우된다.

가방은 품격이다. 상표와 가격에 따라 어깨에 힘이 들어가거나 빠진다. 그래서 여자들이 명품에 목을 매는 것일까. 그렇지만 명품 가방이라고 해서 반드시 경제적 수준이나 품격과 일치하는 것은 아니다. 중요한 것은 옷차림과 용도에 얼마만큼 어울리느냐는 것. 고가의 가방을 좋아하는 것은, 패션의 완성이라고 믿기 때문이다. 남자들이야 그런 점에서 조금 자유롭지만, 여자들에게는 액세서리 역할도 하기에 가품이어도 명품 마크를 찾는 것일지도 모른다.

가방은 비밀스런 공간, 지극히 개인적인 세계다. 공권력이 열라고 하지 않는 한, 주인의 허락 없이는 열어볼 수 없다. 가방 속을 들여다본다는 것은 그 사람을 들여다보는 것, 분실해 누군가 내용물을 몽땅 쏟아버렸다면 제 치부를 드러낸 가방은 한쪽에 쭈그러져 숨죽이고 있을 것이다. 비밀이 죄다 털린 듯. 남이 볼 수 없는 공간을 청결히 하는 것은 자신의 내면을 정결히 하는 것일지도 모른다.

가방은 유행에 민감하다. 재질에서부터 모양, 끈, 장식품까지 시대에 따라 달라진다. 어릴 적 멨던 란도셀 가방이 지금 젊은이들의 패션 가방이 된 듯하다. 집배원의 가방처럼 커다란 가방이 유행한 적도 있다. 손에 드는 것에서부터 메는 것까지, 유행에 민감한 것이 가방이다. 패션이 달라지고, 직업이 드러나기도 한다. '가방 끈이 길거나 짧다' 별개의 우스갯소리도 그와 연관이 있다.

미처 소화시키지 못한 책과 퇴고하지 못한 글, 생수와 보온병, 그리고 여러 약들로 가득 차 있는 내 가방. 그 속을 누군가 들여다본다면 내 뱃속까지 내보이는 느낌일 것이다. 이젠 가방 없이는 바깥 출입이 불편해졌다. 전투에 나가는 군대의 군장처럼 생존을 위한 필수품이 되어가고 있다.

내가 소지한 것들. 생각해보면, 내가 그들에게 소지당한 것이 아닐까. 안경이 나를 쓰고, 스마트폰이 제 가고 싶은 곳으로 나를 데려가고, 가방이 비밀스런 내 속을 수시로 열어본다. 혹 사물에도 감정이 있는 것은 아닐까 하는 생각이 든다.

키스

조각상 옆으로, 뒤로, 돌아간다. 표정을 그려 넣는다. 사랑의 감정을 따라가며 나는 어느새 그가 된다. 여인을 내려다본다. 어긋난 목 사이의 갈망과 격정. 목을 감싸안은 보드라운 팔이 나를 깨운다. 살포시 여인의 둔부를 감싼 오른손, 자연스레 내버려둔 왼손은 안정감을 주듯 지그시 그녀를 안는다. 오로지 서로에만 집중하고 받아들이는 숨결이다.

테이트의 명작 누드전展. 로댕의 〈키스〉를 보는 순간, 차가운 조각에 생명의 숨결을 넣어주고 싶다. 간절히 원하면 이루어진다는 피그말리온 효과를 떠올리며.

몸은 신비롭다. 적나라하게 드러내지 않는 비밀이 바라보는 이에게 경이로움으로 비치기 때문이다. 몸은 아름다운 대상이다. 글로, 그림으로, 조각으로 예찬하는 것도 그 까닭이다. 직간

접의 경험과 상상으로 빚은 몸의 자연스런 반응인지 작품을 감상하며 달콤함과 강렬함에 빠져든다. 숨어 엿보지 않아도 되는 당당함. 예술로 승화시킨 희열이다.

외설이 끼어들 틈이 없는 키스, 그 떨림 속에 폭발할 것 같은 에너지를 느낀다. 강함과 부드러움의 조화, 파도 부딪치는 해안을 배경으로 해도 오롯이 사랑의 감정을 불어넣은 부끄럽지 않은 입맞춤이다.

클림트의 〈키스〉는 어떤가. 애기 다루듯 감싸안은 구릿빛 근육질과 상기된 여인의 표정에서 서로에 대한 신뢰를 본다. 눈을 지그시 감고 있는 황홀한 기다림이 느껴진다. 여인을 부드럽게 받치고 뺨을 어루만지는 손이 건강하다. 그 위에 살포시 얹은 흰 손은 무한한 애정이다. 저항할 수 없는 사랑의 복종, 무릎 꿇은 여인의 옷 사이로 삐져나온 맨발은 경계를 푼 에로틱한 욕망이다.

장방형의 석회암 속에서 만난 입술과 입술. 표정이 보이지 않아도 굳건한 믿음이 느껴지는 브랑쿠시의 〈키스〉는 빈틈없는 애정이다. 서로의 등을 껴안은 양팔은 완벽한 진행형의 사랑이다. 서로에게 익숙한 입술이다.

은밀한 골목을 찾던 애정이 요즘은 좀 뻔뻔해졌다. 솔직해서 좋다지만 갈급과 절제가 뒤섞인 가슴 쿵쾅거리는 비밀이 나는 더 에로틱하다. 이슥한 밤을 몇 굽이 돌아간 어디선가 컹, 컹

달바라기 하는 소리가 달라붙었다. 외로움 절절한 울음이 쭈뼛 신경의 돌기를 곤두세웠다. 심장은 튀어나올 듯 쿵쾅거렸고, 행로를 이탈한 피돌기에 어지러웠다. 두 개의 입술이 포개지고, 좁은 문을 통과한 끈적한 호흡이 뿜어올린 활화산. 시간은 정지되었다. 개 짖는 소리도 고양이 울음도 더 이상 들리지 않았다. 황홀한 비밀, 첫 경험이었다. 그 용기에 힘입어 나는 사랑을 고백했고 평생의 반려자가 되기로 약속했다.

왜 키스에 열광하는가. 왜 키스에 몰입하는가.

피그말리온이 조각상을 껴안고 키스하는 순간, 사람으로 변한 갈라테이아. 키스는 사랑의 최전선으로 향하는 관문이다. 두 우주가 만나는 뜨거운 결합이다. 서로가 서로를 여는 문이다. '너를 허락해줘…….' 촉촉한 갈망이 묻는다. 두 몸이 하나로 호흡하는 전주곡, 사랑의 디딤돌이다.

심장이 펌프질하는 키스. 애정의 어느 능선에서 우리는 서로를 갈망하는가. 로댕의 〈키스〉를 지나며 잠시 내게로 왔던 그녀를 돌려보낸다.

* 테이트 명작 누드전 : 영국국립미술관 테이트 명작전이 2017년 8월 11일부터 12월 25일까지 올림픽공원 내, 소마미술관에서 열렸고, 로뎅의 대리석 조각상 〈키스〉가 동양에서 처음으로 전시되었다.

2

밥상은 각기 다른 것들이 모여 어우러지는 삶의 축소판이다. 크거나 작거나, 네모지거나 둥글거나, 단순하거나 세련되거나, 얇거나 투박한 그릇의 형태와 재질에 따라 촉감과 소리와 느낌이 다르다. 사람도 그릇처럼 크기도 성향도 다르다. 다 제만큼의 크기에 알맞은 자신을 담는다.

그릇의 철학

교자상으로 눈들이 일제히 몰려들었다. 밥과 국을 중심으로 뚝배기들이 자리하고, 불고기, 보쌈, 생선구이, 낙지볶음, 간장게장 등 얼추 스무 가지가 넘는 반찬들. 수랏상이 부럽지 않다.

이 많은 음식들이 어쩌면 이토록 잘 어우러질 수 있을까. 음식 고유의 빛깔과 식감을 살려주는 그릇의 절묘한 조화가 문득, 밥상에 둘러앉은 사람들과의 관계망으로 보이기 시작한다.

투박한 돌솥이 상에 오른 것은 파격이다. 신데렐라에서 일약 왕비가 된 신분. 창의성의 절정이다. 밥을 덜고 나면 돌솥은 누룽지 그릇이 되니 멀티의 신분이 아닌가. 밥솥이자 밥그릇이었던 야전용 반합을 연상시킨다. 물을 부으면 숭늉 맛이 일품이다. 돌솥은 두툼한 외모가 처음엔 눈에 띄지 않지만 보면 볼수록 감춰둔 끼가 많은 사람 같다. 캐면 캘수록 매력을 우려내는 뒤끝 개운한 사람이다.

밥그릇은 사람과 가장 가까운 자리를 차지한다. 밥상의 독보적 존재다. 먹는 일의 중심이기 때문이다. 반찬그릇과는 협업의 관계다. 군대에서 보병을 위해 지원병과가 존재하는 것과 같다. 밥그릇은 융통성이 있다. 인심을 쓸 줄도 알고, 적당히 욕심을 덜어내기도 한다. '밥심'으로 산다는 말은 이 밥그릇에서 나온 것, 고봉의 마음을 얹어준 이들 덕분에 지금의 내가 존재하는지도 모른다.

뚜껑 덮은 밥주발은 정성이다. 맨 먼저 밥뚜껑에 두 손을 얹는다. 밥에 대한 경건함 내지는 먹는 일에 대한 경배다. 어릴 적 첫돌을 맞으면 밥그릇과 국그릇, 그리고 수저 한 벌을 장만해주었다. 먹는 일이 곧 사는 일이어서 평생 식복을 누리라는 뜻이기도 하다. 밥그릇은 어떤 모임에서든 빠져서는 안 되는 가장 핵심적인 사람이다.

'국물도 없을 줄 알라'는 말처럼 인색한 말이 있을까. 사래가 걸리게 하는 말, 명치에 불쾌함이 걸리는 말이다. 국그릇은 여유로운 사람 같다. 넉넉한 사람, 인심 좋은 사람, 근심을 쑥 내려가게 해주는 사람이다. 운두 낮은 널찍한 국그릇은 국물이 7부 정도가 적당하다. 밥그릇과 궁합이 딱 맞으니, 어떤 조직에서든 조화를 이루는 구성원이다. 밥그릇의 재질과 같아야 보기에도 좋다. 같은 성향의 사람과 만나면 더욱 빛을 발하는 사람이다. 하지만 제 짝이 아니어도 적당히 어울릴 줄 안다. 부부 관계도 이렇지 않을까.

머슴 같은 그릇이 뚝배기다. 궂은일도 마다 않는 믿음직한 사람, 걸진 농담을 해도, 믿거니 욕을 해도 그저 묵묵히 제 소임을 다하는 사람이다. 어디 미워서 그러랴. 그릇의 크기와 용도를 알기에 내뱉는 말들이다. 토라지지 않는 미더움이 좋아서 그럴 것이다. 막걸리같이 텁텁한 사람이 아니던가. 쉽게 뜨거워졌다가 빨리 식어버리는 양은냄비가 아니라 서서히 달아오르는, 오랫동안 그만의 온기를 유지하는 뚝배기 같은 사람이 필요한 요즘이다. 내 허물마저도 덮어줄 것 같은 사람이다.

하얀 사기접시는 이성의 차가움으로 보이지만 어떤 색깔의 음식이라도 제대로 표현해준다. 가장 소중한 사람을 위한 로맨틱한 식탁을 차릴 요량이라면 빠질 수 없는 그릇이다. 심플하면서 깨끗한 완벽성이다. 그러나 깔끔해서 다루기 쉽지 않듯 조심스러운 그릇이다. 섣불리 다루다가는 자칫 배신의 칼날이 될 수도 있다. 그렇다고 플라스틱 접시로 바꾼다면 식탁의 품격은 떨어지기 십상이다.

종지는 밥상의 마스코트다. 간장이나 된장, 고추장을 담기에 적당한 그것은 작지만 옹골진 사람이다. 한식에서 장이 빠진 식탁은 상상할 수 없다. 아무리 보기 좋은 음식도 간이 맞지 않으면 제 맛을 낼 수 없듯 어느 자리든 꼭 필요한 그릇이 아닌가.

식탁과 균형을 잘 맞추는 종지는 쉽사리 내용물을 엎지르거나 깨지지 않는다. 크기는 중요하지 않다. 쓸모가 있느냐 없느냐가 관건, 작다고 얕잡아보지 말 일이다.

그릇은 무엇인가 담겨질 때 비로소 제 역할을 하는 피동被動의 신분이다. 허기진 시절에는 '무엇을 먹을 것인가'에 먼저 관심을 두었다면, 이제는 '어디에 담을 것인가'도 중요한 문제가 되었다. 용도에 따라 주발, 대접, 접시, 뚝배기, 종지 등으로, 재질에 따라 질그릇, 사기그릇, 유리그릇, 스테인리스 그릇이나 플라스틱 그릇, 놋그릇, 심지어 일회용 그릇까지 다양하다. 주인의 기호에 따라 밥상의 중앙이나 변방에 질서 있게 배치된다. 재질이 중요한 것이 아니라 내용물에 따라 위치가 달라지는 것들이다. 인간 세상도 다 제자리가 있어서 묵묵히 맡은 일에 충실하지 않는가.

인류의 역사는 그릇의 역사와 함께 했을 것이다. 그래서일까 그릇과 인간은 닮은 점이 있다. 세상에 나오려면 혹독한 시련이 필요하고 운명적인 삶처럼 대체로 쓰임새가 정해지며, 그 생명이 유한해서 사후에 이름을 남기거나 골동품으로 평가를 받는다는 점에서 그렇다.

"형식 없는 내용은 맹목이고 내용 없는 형식은 공허하다."

칸트의 말은, 그릇에서도 타당성이 읽혀지는 것 같다. 형식을 위해 내용이 희생되거나 내용을 위해 형식이 희생되어서도 안 되듯 다양한 만큼 제 몫이 정해져 있다. 대접에 간장을 담거나 쟁반을 양념접시로 사용하면 어색하지 않은가.

밥상은 각기 다른 것들이 모여 어우러지는 삶의 축소판이다. 크거나 작거나, 네모지거나 둥글거나, 단순하거나 세련되거나, 얇거나 투박한 그릇의 형태와 재질에 따라 촉감과 소리와 느낌이 다르다. 사람도 그릇처럼 크기도 성향도 다르다. 다 제만큼의 크기에 알맞은 자신을 담는다. 다만 때와 장소에 따라 도자기나 사기그릇이 되기도 하고, 질그릇이 되기도 하며, 플라스틱이나 일회용 그릇이 되지 않는가. 의미 없이 태어나는 존재가 없듯, 각기 다름을 인정하면서 서로 소통하고 어우러지는 그릇에서 사람 사는 세상을 본다.

네모와 동그라미

흐트러진 침대, 굽은 잠을 일으킨다. 이불 한 채를 젖히고 문을 찾아 어둠이 걷히지 않은 거실로 나간다. 벽에 걸린 액자 아래 소파에서 남은 잠을 털어내고, 잉크 냄새가 채 가시지 않은 신문을 펼쳐 어제의 사건 사고와 대면한다. 침대, 이불, 문, 거실, 액자, 소파, 신문……. 네모 속에서 또 하루가 시작된다.

서로 다른 생김새에도 불구하고 똑같기를 강요받는 네모의 구도. 사각의 식탁에서 밥을 먹고 사각진 엘리베이터에 타고 네모를 접어놓은 계단을 내려가 다시 네모난 자동차 속으로 들어가며 생각한다. 왜 나는 한번도 네모에 거부반응을 보이지 않았을까.

네 개의 변과 네 꼭짓점을 벗어날 수 없는 일상이다. 명함, 지갑, 책, 컴퓨터, 서랍 등 네모와 관련된 일상을 열거하려면 끝도 없다. 언제나 유행과 무관하게 우리 곁에 있는 네모. 기상천외한 것들로 가득 차 있는 휴대폰마저도 네모를 벗어나지 못한다. 주변의 흔한 사물들이 삼각형이거나 원형이어도 좋겠다는 생각은 해본 적도 없다. 공세적인 세모나 두루뭉술한 원에 비해 사각이 주는 안정감과 단순함에 나는 길들여져 있다. 종이나 천을 잘라보면 다른 모양과 달리 네모는 자투리를 남기지 않는다. 지갑 속의 신용카드도 1 : 1.6의 황금비율이다.

네모는 움직임이 용이하지 않다. 그 자리에 가만히 있어야 하기에 돌출행동은 용납될 수 없다. 안정감을 주기에 부주의로 흘리지 않는 이상 스스로 장소를 옮겨가는 일은 없다. 제 모서리를 마모시켜야 자리를 벗어날 수 있으니 네모가 스스로 자리를 떠날 일은 아마도 없을 것이다.

1층과 2층 사이의 여유 공간에 턱을 만들어 자전거를 올려놓은 건물을 본 적이 있다. 대문과 창문의 각지고 고착된 시각을 부드럽게 표현해보고 싶은 건물주의 취향에 따른 조형이었을 것이다. 영화 〈ET〉의 '하늘을 나는 자전거'를 떠올렸다. 바퀴는 생기를 부여한 움직이는 창조물, 금방이라도 주인공 엘리어트가 창을 열어 자전거 안장에 올라앉을 것 같은 상상을 불러일으켰다. 자전거 한 대가 높이와 벽과 각이 존재하는 도시의 삭막함을 덜어내고 있었다. 그 자전거 바퀴가 만약 제 맘대로 굴러간다면 얼마나 위태로울까. 그래서 페달이 필요한 것, 속도

조절을 할 수 있는 손수레나 굴렁쇠처럼 제어가 필요하다. 자동차의 과속은 급히 브레이크를 밟아야만 한다.

경직된 네모에게는 부족한 감성을 담을 수 있는 동그라미의 도움이 필요해서일까, 네모난 본체에 동그란 렌즈가 잘 어울리는 카메라는 사각의 균형 잡힌 완전체에 원형의 완벽함을 보태 현장을 복원해낸다. 기본적인 두 개의 도형, 네모와 동그라미가 협업과 분업으로 서로를 받아들인 것이다. 하지만 서로의 영역을 인정하면서도 결과물은 네모다. 아무리 세상을 둥근 눈으로 보고 둥근 셔터를 눌러도 언제나 사각에 담긴 풍경을 만들어낸다.

동그라미와 네모의 어울림은 병영의 식판에서도 찾을 수 있다. 견고한 내구성에 세척의 용이함까지 갖춘 은빛 사각 식판. 우묵한 동그라미의 수만큼 한정된 메뉴는 선택의 여지가 없지만, 차가운 스테인리스 판의 둥근 온기가 상명하복의 각진 일상을 둥글고 따뜻하게 만들어준다. 따끈하게 구워진 둥근 피자가 네모 박스에 실려 배달되는 것처럼.

둥긂과 네모남이 어우러지는 바둑과 장기는 삶의 축소판이다. 흑백의 돌과 청·홍의 기물棋物로 겨루는 전술은 마치 인생사의 전진과 후퇴를, 어려움에 처했을 때 대처할 수 있는 전략과 지혜를 일깨워준다. 일등과 꼴찌, 승리와 패배, 삶과 죽음을 일곱 살 손자에게 이해시키기란 쉽지 않다. 그러나 바둑을 통한 겨루기에서는 어렵지 않다. 녀석의 볼멘 투정도 기꺼이 받아줄 인내심만 있다면 말이다. 어릴 때 아버지는 내게 바둑을 가르쳐주었다. 온전히 한 판을 마친 기억이 별로 없다. 도중에 바둑판을 쓸어버리는 내 혈기 때문이었다. 그러나 아버지는 끝내 나를 불러 앉히고 바둑을 마치게 하셨다. 아생연후살타我生然後殺他, 네모진 바둑판에서 아버님이 가르쳐준 교훈이었다.

오늘날 가장 힘 있는 네모는 인터넷 검색창이 아닐까 싶다. 포털 사이트 상단의 장방형 백색 빈칸의 깜박이는 커서는 검색어를 재촉한다.

"무엇이든 물어봐."

세상과 만나는 열린 문이라 치켜세우기도 하는 네모난 창. 필요한 정보나 자료를 실시간 쏟아낸다. 사유하지 않아도, 책을 읽지 않아도 컴퓨터와 스마트폰만 있으면 해결된 정보의 왜곡으로 분별력을 잃게 만드는 파워블로거의 횡포는 만능 검색창을 불안한 네모로 만든다.

네모에 갇혔다가 네모와 함께 일상을 보내고 다시 네모로 돌아가는 생이다. 하지만 네모는 생명의 원초적 이미지인 동그라미와 함께일 때 마무리된다. 생명의 시작과 끝에는 원형의 반복적 순환이 따른다. 둥근 공간에서 창조된 삶을 다하면, 못질한 네모의 목관에서 네모진 화덕을 거쳐 원형의 무덤이나 항아리에 안치된다. 그것은 종말이 아니라 네모와 원형이 함께 만든 또 다른 세계로의 귀향이다.

네모이거나 동그라미이거나, 세상은 서로 고집하지 않는 속에서 스스로 각이 지거나 마모되어 굴러가는 것이 아니던가.

공터

"젊었을 땐 덩치가 이마~안 했어."

호기 좋은 목소리를 따라 고개가 돌아갔다. 전철 휴게실 의자 옆, 두 팔로 아름드리를 껴안듯 포즈를 취하고 있는 노인이 눈에 들어왔다. 솔깃한 귀를 모아 앉은 또래의 노인들이 무용담을 듣는 아이들 같다.

귀동냥하던 나는 씨익 웃고 말았다. 작은 키와 홀쭉한 몸을 봐서는 한때 풍채 좋았다는 노인을 상상할 수 없었기 때문이었다. 노인에게도 분명, 말처럼 좋은 풍채만큼이나 잘 나가던 시절이 있었을 것이다. 젊음과 노동을 모두 비워낸 과장된 소싯적 추억 한 토막에서 왠지 모를 서글픔이 묻어왔다.

노인의 말이 내내 전철의 요동과 함께 흔들렸다. 빈 몸, 비워진 터, 공터 같은 단어들이 차례로 통과하는 역 이름 위에 오버

랩되었다. 끝내 나는, 생각 끝까지 따라온 노인과 노인에 업혀 온 공터라는 말을 떨쳐내지 못한 채 목적지에서 하차했다.

도심에서 한참 벗어난 자투리 땅. 한때는 건축물이 가설되어 호황을 누린 때도 있었을 테지만 현재는 건축물이 사라진 나대지. 수지타산에서 멀어졌지만, 언젠가는 기사회생할 거라는 희미한 욕심을 세우고 있는 공터. 왜 나는 노인과 공터를 한 묶음에 넣은 것일까.

노인이 자신의 몸을 일궈 노동을 짓고, 거기에 생의 기억을 쌓아올린 것처럼, 무형의 추억이 가득 들어찬 곳이 공터다. 생기에서 한 발짝 물러난 무기력이 존재하는 공터는 유행과 먼 아날로그다. 지난 기억을 잊지 못하는지 여전히 집의 형식을 답습하고, 허름한 골목을 끌어들이고, 살아가는 게 별반 다르지 않은 동네사람들을 불러온다.

공空터는 공共터다. 고장난 텔레비전과 척추가 내려앉은 소파와 무너진 벽을 25시로 맞추어 놓는 시계가 뒹군다. 소파에 앉은 고양이가 매시간 방영되는 무료한 풍경을 채널로 돌려보다가 어슬렁 사라진다. 시끌벅적한 오후, 학교 파한 아이들처럼 이빨 빠진 직립의 옷걸이에 모여드는 잠자리며 직박구리들. 한때 이름깨나 날리던 다방 간판엔 햇살이 들러붙어 단물을 핥는다. 깨진 이발소 삼색기둥에 기댄 혈기 좋은 풀이 장발을 풀어헤치고 있다. 가로등이 흐릿하게 졸고 있을 때쯤이면 폐품이며 고장난 가구를 버리려는 몰염치가 숨을 죽인다. 취한 걸음이 허리띠를 푼다. 어둠이 다 지워진 아침이면 큼직한 박스만 주섬주섬 챙겨가는 젊은 트럭 운전사, 뒤이어 플라스틱이며 빈 병을 낚아채가는 장년의 수레꾼, 그리고 느지막하게 손수레를 끌고 나온 할머니가 밤새 안부를 묻듯 구석을 샅샅이 살피고 간다.

살아가는 일이 보이지 않는 질서 속에서 서로 어울려가듯 공터에도 나름의 질서가 있다. 흘러가는 사계절에 맞춘 그들만의 소유권이 엄연히 존재한다. 제 소유를 영원히 움켜쥐려는 욕망이 없다는 것이 사람과 다를 뿐이다.

지번이 생기기 훨씬 전부터 이름을 올린 것은 개망초였다. 봄부터 제 영역을 넓혀 어느덧 각주 같은 꽃망울을 터트려 공터가 제 소유임을 알린다. 나라를 망친다 하여 붙여진 이름이지만 공터와 잘 어울리는 것은 망초꽃이다. 이웃인 입술 파란 달개비가 그늘을 쪼아먹고 왼쪽 방향을 고집하는 나팔꽃이 여름을 친친 감아올린다. 소복이 손을 뻗은 잡초들은 남새로 개명해 나물 이름에 밝은 아낙들 손에 뽑혀나간다. 한자리 차지한 바람 빠진 축구공에 비가 후득 위로를 고여놓으면 비 그친 하늘의 구름이 동그란 물거울에 제 얼굴을 비춰보고 간다.

고성을 지르는 매미 소리만큼 뜨거운 여름. 소나기도 한 차례 공터를 다녀가며 제 소유를 주장한다. 느닷없는 비가 남은 무더위를 훑어가면 가을은 슬슬 제 시절임을 알린다. 마개 열어둔 병처럼, 지하철이 들어온다거나 건물이 들어설 것이라던 소문은 증발되고 잠시 고여 있던 관심도 바닥을 드러낸다.

소소한 풀벌레 소리마저 철거되면 어느덧 겨울이다. 인기척 드나들던 문들은 모두 닫히지만 열어놓은 문을 닫지 못하는 공터는 고스란히 추위를 견뎌야 한다. 어느 날 도수 높은 안경을 코에 걸친 하늘이 제 소유임을 알리며 꾸욱 눈[雪]도장을 찍는다.

한데 어우러지기도 하고, 잠시 자리를 비껴주기도 하는 질서 속의 공존인 공터. 그렇다면, 내 머릿속을 줄곧 따라온 노인을 공터라고 한다면 너무 생경한 비유일까. 한때의 젊음에 소신과 의지를 초석으로 깔았을 노인. 그곳에 울타리를 세우고 가족이라는 집 한 채 지었을 노인이야말로 공共터가 아닌가. 상실과 회복을 거듭하는 삶, 그러나 이제 초저녁달처럼 희부연 세월 저편을 향해 달려가며 노동이 비워진 노인은 어쩔 수 없는 공空터다.

노인은 싱싱한 초고속의 디지털과는 먼 아날로그. 우리에게는 세상을 살아가면서 절실히 필요한 아날로그들이 있다. 아무리 디지털이 우대받고 속도가 우상인 시대라지만 디지털이 갖지 못한 아날로그만의 장점이 있다. 점점 밀려나는 아날로그 세대. 그들의 끈끈한 정과 보이지 않은 끈기에 기대어 얼마나 많은 가치를 얻고 있는 것일까. 진보와는 한참이나 멀다고, 젊음이 소진되었다고, 감히 누가 노인을 존재감 없다고 할 수 있을까. 세상이 온통 산 것과 죽은 것들이 뒤엉킨 공共터인 것을.

낙지

"뻘낙지 한 마리가 보약 한 첩이지라."

걸쭉한 사투리에서 갯내가 풍긴다. 해풍에 그을린 얼굴에 자리잡은 세월의 굴곡이 토속적인 음성과 잘 어울리는 그녀. 마디 굵은 손이 움켜쥔 낙지가 잠든 내 안의 욕망을 일으켜 세운다. 바닷가에서 태어나 바닷가에서 늙었을까. 두루뭉술한 몸에서 배어나오는 삶의 갯내가 짙다.

'지쳐 쓰러진 소도 벌떡 일으켜 세운다는 낙지 힘을 받아볼까?'

그녀가 권하는 곳에 일행은 자리를 잡는다. 세련된 도회지 얼굴에 보얗게 분을 바른 얼굴이었다면 우린 아마도 다른 집으로 걸음을 옮겼을지도 모른다. 낙지와 그것을 움켜잡고 있는 그녀가 묘하게 어울린다. 음식점 넓은 창으로 성큼 바다가 다가선다. 마침 썰물 때여서 드러난 개펄이 여인의 음성처럼 끈적해 보인다.

주문한 연포탕이 준비되기 전 내놓은 밑반찬으로 시장한 눈들이 모아진다. 하얀 접시 위에 꼼틀거리는 도막난 세발낙지는 머리도 몸통도 구분되지 않은 마디들이다. 이미 칼을 받은 몸이지만 생명은 끈질긴 것. 아직도 본능적으로 꿈틀댄다. 잔인할수록 미각은 싱싱한 것이어서 바다 한 접시를 오가는 손이 바쁘다.

'묵은 낙지 꿰듯 한다'는 속담이 있다. 목숨이 끊어진 낙지는 다루기 쉽다는 말이다. 뒤집어 말하면 싱싱함은 아직 숨이 끊어지지 않았다는 것. 토막쳐진 육신들은 마지막 안간힘으로 삶을 붙잡는 중이다. 뻘밭을 기던 흡반의 힘으로 접시에 들러붙는다. 쾌감이듯 돋아나는 미각에 젓가락을 잡은 손에 힘을 모은다. 네가 아무리 용을 써도 산 입을 당해낼까, 한 토막 집어 기름장에 찍는다.

입 안 가득 참기름 냄새, 뒤이어 쏴아 바다 향이 번진다. 순순히 기를 꺾는 낙지가 아니어서 혀에 닿는가 싶더니 입천장에 쩍 달라붙는다. 혀에 휘감기는 맛을 오독오독 어금니로 씹으면 육즙이 미각의 돌기를 자극한다.

"사람들은 어린 낙지를 씹으면서, 앳된 여자를 품어 녹이는 것을 떠올려 말하곤 하였다."

소설 한 대목이 떠오르는 것은 왜일까. 번지는 입가의 웃음을 닦는다. 여인이 냄비를 가져와 가스레인지에 얹는다. 육수 속 박 속이 하얗게 웃고 있다. 채소를 곁들이고 낙지는 접시에 따로 들고 온다. 이게 바로 여인이 말해준 보약인가 보다.

조금 전에 먹은 세발낙지가 차지면서도 여린 맛이라면, 지금 눈앞의 낙지는 거친 파도와 닮은 성깔 있는 맛, 질퍽한 뻘의 맛이다. 세발낙지가 어린 여자라면 이 낙지는 원숙한 여자, 세상의 단맛과 쓴맛에 몇 번이고 버팅기다가 마침내 문드러진 눈물이다. 그래서였을까, 여인과 낙지가 잘 어울려보였던 것은. 낙지를 움켜쥐고 냄비에 넣는 여인의 손놀림을 보며 이제야 낙지의 참맛을 볼 것 같은 생각에 침을 삼킨다. 그 손에서 개펄에 엎드려 평생을 사는 여인들의 삶이 쏟아진다.

허벅지까지 차오른 뻘에 널을 밀고 가는 여인들의 삶은 바닥을 닮았다. 뻘은 바닷사람들의 바닥이다. 그 질퍽한 곳에 온식구의 생계가 달려 있어 아낙들은 날마다 뻘을 뒤진다. 바닥은 삶을 헤쳐나가는 근성을 키우고, 그 근성은 뻘에서 제 냄새를 풍겨 삶의 진수를 보여주는 것, 낙지는 뻘의 맛, 진정한 바다의 맛, 단내나는 바닥의 맛이다. 산다는 것은 낙지처럼, 세상의 바닥을 치열하고 간절하게 건너가는 것이 아니던가.

냄비에 입수한 여덟 개의 다리, 아니 여덟 개의 팔이 몸부림을 친다. 무엇이라도 잡아야 한다는 듯 냄비 가장자리로 기어나온다. 필사의 몸부림과 식욕은 비례하는 걸까? 낙지를 바라보는 눈은 연민과 희열의 이율배반이다. 금세 흡반은 꽃처럼 피어난다. 드디어 용트림하던 바다 한 마리가 숨을 거둔 것이다. 시원한 국물로 목을 축인 다음, 박 속 향에 우러난 토막난 바다를 포식한다.

포만감을 안고 음식점을 나오는데 몸에서 바다가 꿈틀거린다. 저 바닥의 근성을 배워보지 않겠느냐고, 지나가던 갯바람이 뻘밭으로 등을 민다.

묵은 것들의 체온

유행도 한철을 넘기기 어렵다. 하루가 멀다하게 신제품이 쏟아지고 새로운 것으로 마음이 향한다. 어느덧 속도감에 익숙해졌나보다 생각하지만 사실 나는 유행에 굼뜨다. 빠른 변화가 주는 어지럼증과 멀미가 심한 탓이다. 여전히 품을 떠나보낼 수 없는 오래된 것들을 유품처럼 모셔둔다. 그들에게서 나는 푸근함을 전달받거나 어지럼증을 해소한다.

"형님, 부자 되세요."

덕담과 함께 매제가 건넨 건 돈궤였다. 횡재한 듯 마음이 뿌듯해진 나는 어디에 둘까, 고민하며 방과 거실을 오갔다. 방에 모셔두기엔 잠이 편히 올 것 같지 않았다. 거실 소파 협탁으로 제격이었다.

소나무 통판으로 위닫이 형태의 돈궤를 만든 것은, 돌고 돌아온 돈 냄새를 은은한 소나무 향으로 지워주고 싶음일까. 사개 물림은 튼튼해 보였지만 거기에 여러 개의 쇠 장석으로 보강했다. 문짝은 세 개의 경첩으로 연결했고 양쪽에 광두정을 세 개씩 박아넣었다. 한번 들어간 돈은 절대 탈출할 수 없어 보였다. 그러나 자물쇠가 분실된 상태. 이미 돈궤는 기능을 상실했으니, 나는 그것의 의미만 즐기면 그만이었다.

과거의 것에는 과거를 넣어두는 것이 적절해보였다. 군인으로 살아온 내게 돈궤는 어울리지 않는다. 야전 노트며 호각이며 멈춘 시계며 군번줄과 버클과 문진 등을 넣어두기로 했다. 언제든 추억을 꺼내볼 수 있지만, 형식은 갖추고 싶어 자물쇠 대신 놋숟가락을 꽂아놓았다. 나는 물욕에 달관한 사람이라는 여유, 소박하게 먹고 사는 게 부자라는 의미를 은근히 내보임이 아닌가. 어느 양반가나 거상巨商의 것이었을지도 모를 그것. 집안 내밀한 곳에 감춰두었을 그것이 자물쇠 없이 내게 온 것은 '가두지 말고 풀라'는 뜻이 담겨 있는 것이 아닐까. 혹 돈 많은 상인의 것이었다면, 그는 그 안의 돈을 풀어 어려운 이들을 도왔을 것이다. 상상이 이쯤에 이르자 훈훈함이 그대로 전해지는 듯하다. 자린고비를 상상하는 것보다 그쪽이 훨씬 더 그럴듯하지 않은가.

새색시 모습이 저럴까. 꽃가마를 따라와 신혼 방에 놓였을 화각장이 내게로 온 것은 몇 해 전이다. 옛것을 모으는 취향을 알아챈 동생이 임자는 따로 있다며 차에 실어준 그것은, 같은 아파트에 살던 친한 이가 이사를 가면서 주었다고 했다. 시어머니와의 심각한 갈등 속에 시집살이를 하였다는 그녀. 화각장은 윗대로부터 대물림된 것이라 했다. 물려받은 것을 남 줘버릴 만큼 잊고 싶은 기억이 많은 듯했다고 동생은 일화를 덧붙였다.

화각장의 그림은 모두 나름의 의미를 담고 있다. 문짝에는 붕어에 올라앉은 노인과 거북이 등에 앉은 노인도 있다. 그 주변으로 빨래를 하고 물을 긷는 여인들과 제기 차는 아이들, 낚시 드리운 사람, 등짐 진 농부의 모습도 보인다. 옛 마을을 고스란히 옮겨놓은 듯하다. 각각의 표정은 밝고 여유롭다. 어른 공경과 무병장수, 화목한 가정에 대한 염원을 담고 있는 듯하다.

시어머니도 며느리 시절이 있었을 것이다. 같은 여성으로서 그 처지를 이해했다면 아물지 못할 상처를 주지는 않았을 것. 며느리도 화각장 곳곳에 숨겨진 그림의 뜻을 조금이라도 헤아려 보았다면, 시어머니에게 한 발 더 가까이 다가서지 않았을까. 서로 화목하지 못한 그 사연만큼은 화각장에서 지워버리고 싶다.

대물림은 물건으로만 전해지는 것이 아니다. 거기에 담긴 뜻도 함께 이어져야 하는 것. 화각장 한 구석에서 고부간의 열 오른 체온이 느껴지기도 한다. 그래도 종합예술품임이 확실하다. 뿔을 다루는 각질장, 가구를 만드는 소목장, 그림 그리는 화원, 옻칠하는 칠장, 장식을 만드는 두석장의 체온과 오랜 시간이 합쳐져야만 가능한 작품이다. 근래 출가한 딸에게조차도 저 화각장만큼은 주고 싶지 않다. 아무리 아름다워도 그것에 담긴 사연이 온순하지 않다면, 그것을 굳이 물려줄 필요가 있겠는가. 내 손때와 온정을 입혀 온전히 따스한 사연만 담으리라.

1908년에 발간된 『신약젼셔』만큼 경건하게 만드는 것도 없다. 본래 신·구약 두 권이었는데 6·25를 거치며 신약 성경만 남아 내게 이르게 된 것이다. 그것은 '예수쟁이'였던 5대조 할아버지가 보시던 것으로, 표지는 낡아 두터운 검정 비닐로 덧씌웠다. 그럼에도 108년 묵은 체취가 신성한 기운으로 다가온다.

어떻게 기독교 신앙에 입문하였을까, 궁금했지만 자세한 기록은 남아 있지 않다. 다만 어떤 계기가 믿음의 용기와 결단으로 이어졌음을 짐작할 뿐이다. 대고모인 두 자매는 소녀시절, 사랑방에서 흘러나오는 찬송가를 들었다고 했다. "할아버지가 염불하신다"며 신기해했다고 한다. "조선과 일본이 한나라가 되었대"라고 두 분이 속삭였다는 것으로 짐작컨대, 일제강점기가 막 시작되던 그때, 5대조께서는 예수를 믿지 않았을까 추측해본다.

부자父子 중심의 수직적 연속성을 중요시했던 유교문화는 보이지 않는 하늘의 아버지를 섬긴다는 일이 가당치 않았을 것이다. 더구나 강릉은 양반토호와 유림세력이 강해서 예수 믿음을 패륜으로 취급하여 냉대했을 것이다. 그래서인지는 모르지만 기독신앙은 5대조 당대로 끝났다.

나는 100여 년 가까이 끊겼던 신앙의 맥을 이었다. 빛바랜 낡은 성경이 '쟁기'가 되었다. 조상의 손때 묻은 성경을 펼칠 때마다 '묵정밭이 되어버린 신앙의 텃밭을 다시 일궈내라'고 이르시는 것 같다. 이 성경을 들고 교회에 가지는 않지만, 함께하는 마음으로 주일 아침이면 들여다보곤 한다. 그곳에 손을 얹어 당신의 묵은 체온에 내 예배를 보탠다. 그럴 때면 본적도 없는 5대조가 흐뭇한 표정을 지으시는 듯하다. 돋보기에 의존해 수없이 넘겨 읽었을 성경. 까마득한 할아버지의 호흡은 가파르지도 느리지도 않은 고른 간격이다.

오랜 시간이 흘렀다 해서 시대의 정신마저 낡아지는 것은 아니다. 시간이 지날수록 그리움이 더해지듯 사람들의 손을 타고 이어져온 체온은 변함없이 가장 인간적인 온도, 36.5도를 유지하고 있다. 내가 오랜 것들을 모시는 이유다.

우산

"잊지 말고 챙겨오너라."

부모님 말씀이 뒤통수를 따라왔다.

소지품에 또박또박 눌러쓴 이름 석 자는 내 것을 챙기라는 경계였다. 큰 것은 아니지만, 소지품을 흘리고 다니는 것은 바른생활이 아니었다. 내 물건을 잃어버리는 것이 나를 함부로 버리는 것과 같았다. 물자가 귀한 시절이니 더욱 그랬다. 하지만 어른이 되고부터는 잊어버려도 잠시 아쉬워할 뿐, 다시 새 것을 구입하곤 한다. 챙길 것이 많기도 하지만, 내 것에 대한 애착과 물건에 대한 귀함이 덜하기 때문이다. 우산이 그렇다.

접으면 창이 되고 펼치면 방패가 되는 모순의 물건이 우산이다. 방패일 때에만 제 구실을 톡톡히 할 뿐, 접히고 나면 곧 잊히거나 분실되기 십상이다. 설익은 사랑처럼 애타게 찾다가 필요를 느끼지 못할 때는 부담스러워 한다.

나는 그동안 얼마나 많은 사랑을 갈구하고 쉽게 버리곤 했을까. 떠나간 사랑은 낯선 곳에서 얼마나 당황하거나 슬퍼했을까. 아무 데나 버려진 우산처럼. 하지만 나는 쉽게 용서받았다.

돌이켜보면 부모님은 챙 넓은 우산이었다. 그 둥근 집에서 우리 육남매는 서로를 기댄 채 비를 피했다. 간혹 영역 밖으로 밀려나 어깨가 젖을 때면, 서둘러 품어주셨다. 그러나 챙 넓은 우산도 차츰 낡아지더니, 든든한 손잡이도 떨어져나갔다. 살도 부러졌다. 어느 날 챙까지 접히고 말았다.

긴 이별의 터널을 벗어났어도 부모님의 사랑은 늘 아픔으로 되살아난다. 하지만 낙담하지 않는다. 스스로 우산이 될 수 있도록 길러졌기 때문이다.

내 것을 잃어버리고, 아쉬운 김에 누군가 남기고 간 마지막 우산을 펼쳐들면 그렇게 초라할 수가 없다. 살이 부러지고 구멍 뚫린 것을 펼칠 확률이 높다. 남의 떡이 작아 보이는 경우이다. 얼마 전까지만 해도 고장난 우산을 고치는 사람을 흔히 볼 수 있었다. 인스턴트와 일회용품에 길들여진 요즘은 고장이 나면 아예 버린다. 많은 생활도구들도 그렇게 버려진다. 버리는 것이 흔하다 보니 사랑도 습관처럼 쉽게 찾고 버리는 것일까. 보수해야 할 불안전한 사랑이 도처에 널려 있는 것은 그런 연유이기도 하다.

오늘도 우산을 잃었다. 내가 버린 것이나 다름없다. 잠시 비가 그치는 바람에 두고 온 것이다. 물건을 잃어버렸을 때의 감정은 사람을 잃은 슬픔이나 아픔과는 다르다. 허전하거나 아깝다가도 이내 잊힐 것이기 때문이다.

다시 내린 비에 아쉬운 누군가가 거두어 갔을 내 우산. 어느 낯선 어깨를 감싸고 그의 손에서 전해지는 체온을 느끼고 있을 것을 생각하니 눅눅한 바짓단처럼 질투에 젖는다.

문

꽝꽝 얼었다. 누군가 던져놓은 돌을 껴안은 채 실금도 미동도 없는 저 강은 지금, 두 손을 깍지낀 단호함이다. 제아무리 문고리를 잡아 흔들어도 기척이 없는 닫힌 문이다.

문은 소통이다. 걸음이 들고 나는 속에서 정이 오가고 말이 통한다. 살짝 열린 문으로 들여다보는 안과 내다보는 바깥은 은밀하게 통한다. 문이 없다면 벽을 허물거나 월담을 해야 한다. 월담은 불미스런 소문이 담을 넘는 불법, 문은 정정당당한 통과의례가 아닌가.

문은 신분이다. 구중궁궐 왕이 지나는 문이 있었고, 나인들이 드나드는 뒷문도 있었다. 성곽의 후미진 곳에는 시체가 들고나는 시구문이 있었다. 솟을대문과 사립문, 형식적인 싸리문은 모두 신분과 밀접한 관계가 있다.

대문은 집 안팎을 구분하지만 방문은 방 안팎을 경계 짓는다. 세상과 속세를 구분하는 일주문이 있고 도성의 망루를 겸한 성문이 있다. 나제통문처럼 암벽을 뚫은 동굴도 거적을 달면 문이 된다.

보이는 것만이 문은 아니다. 의식의 문, 통과의례의 문이 그렇다. 입신출세를 위해서는 어려운 관문을 통과해야 한다. 등용문이 그것이다. 이때의 문은 목표지향성이어서 기꺼이 그곳을 통과하려고 혼신의 노력을 기울인다. 이 문의 통과 여부에 따라 성공과 실패로 갈리고 기쁨과 슬픔이 교차한다. 문은 호락호락 저를 열어주지 않는다. 영원히 닫혀 있지도 않다. 아무리 견고한 문이라도 당당히 열 수 있는 자격을 쥔 자에게는 고분고분 열린다.

인식하지 못하고 지나치는 문들이 얼마나 많은가. 허공을 날고 싶은 인간은 새를 키워 하늘을 얻는다. 먹이를 주어 날려 보내고, 다시 그들이 수집해온 먼 곳의 소식을 듣지만, 갈증은 해소되지 않아 다른 곳으로 몸소 날아가고 싶어한다. 그 욕구를 조금이나마 충족시켜주는 것이 비행수단이다. 공항은 공중과 땅을 연결하는 문이다. 지상에서 발을 뗀 비행기가 최대한 오를 수 있는 허공까지를 하늘이라 한다면, 공항은 하늘로 오르거나 지상에 내려오기 위한 관문이다. 시공을 초월한 구원의 세계에서도 마음의 문은 중요한 역할을 한다. 신의 영역이 아무리 두텁고 단단해도 믿음으로 부단히 두드리고 갈구하지 않는가.

씨앗은 겨우내 얼어 있던 딴딴한 흙을 열고 나온다. 땅거죽을 열고나온 새순이 자라고 수많은 가지가 잎을 틔우고 꽃을 피워낸다. 꽃이 지면 열매를 맺고 겨울이면 다시 땅속으로 들어간다. 이렇듯 땅에는 계절을 관장하는 문이 있어서 봄은 열고 겨울은 닫는다. 인간이 땅속으로 들어가면 죽음이다. 죽음은 닫힌 문이다. 그러나 영적인 세계가 있다고 믿는 인간은 사후의 또 다른 문을 생각하는지도 모른다.

항구와 포구는 바다와 뭍을 연결하는 문이다. 항해에 지친 배들의 휴식처인 동시에 큰 바다로 나갈 준비를 하는 곳이다. 뭍을 밀어낸 배가 먼 바다로 나갈 수 있는 것은 밤새 거친 파도와 싸운 배들을 품는 항구가 있기 때문이다. 포구는 비릿한 생계를 낚은 이들의 귀환을 반기는 문, 고단한 하루를 씻어내는 왁자한 웃음을 문고리로 달고 있다.

이성과 감성이 한몸이 될 때에야 열리는 것이 마음의 문이다. 이 문을 열어야 세상이 보인다. 마음이 따라주지 않으면 몸도 말을 듣지 않는다. 고집이 불통을 낳고, 대화단절이 고립을 부른다. 열기보다는 닫기가 쉬운 문이다. 쉬운 것이 언제나 문제를 일으킨다. 믿음이 깨어진 자리, 아픈 상처는 커다란 자물쇠를 채운다. 이 문을 여는 첫 열쇠는 입은 닫고 귀를 먼저 여는 것. 입은 하나지만 귀가 두 개인 것은 말에 앞서 경청하라는 뜻이다.

오래 전 어느 영화 포스터의 "통하였느냐"라는 문구가 유독 와 닿았다. 통한다는 것은 상대의 마음과 내 마음이 서로 닿았다는 것, 닫힌 문을 열어젖혔다는 것, 냉기가 온기로 바뀌고, 위와 아래, 부와 빈, 좌와 우가 모두 한 통속이 되었다는 것이다. 불통은 폐쇄된 문이나 다름없다. 분명 죽은 문이다. 죽은 문은 벽이나 다름없다.

빗장을 풀지 않는 강. 그 닫힌 문을 여는 열쇠는 무엇일까. 그것은 제풀에 지쳐 스스로 깍지를 풀거나 저 안쪽 얼어붙은 마음이 스르르 풀려야만 하는 것. 문이 스스로 열리기까지 저 안에 봄이 스며들어야만 한다.

닫힘의 끝은 열림이다. 저 강처럼 나는 얼마나 나를 단단히 껴안고 있는가. 얼마나 빽빽한 마음의 깍지를 끼고 있는가. 견고한 내 안쪽을 들여다본다.

굽어지는 것들

수위水位와 수목의 변화와 시절에 맞춰 피는 꽃까지, 눈에 띄는 차이는 아니어도 마음으로 느끼는 변화는 조금씩 달라서, 천변을 걷는 걸음이 가볍다.

리듬을 타는 것인가. 노인들의 '아다지오'와 아이들의 '알레그로', 수시로 발을 멈춰 호기심을 담아내는 스마트폰의 '라르고'까지, 걸음의 빠르기가 다양하다. 도심과 아파트군락을 가로지르는 탄천. 절벽 같은 인공물에 철마다 변화를 주는 자연물이 공존하는 것은 얼마나 다행한 일인가.

탄천 길을 좋아하는 것은 단조롭거나 지루하지 않아서이다. 굽어지지 않은 길이 없듯, 곧게 흐르는 강은 없어 용인 법화산에서 발원한 탄천은 분당 구미동에서 큰 물굽이를 만나 유속을 늦추고, 정자동 쪽에서 다시 휘감아 돌며 한강에 합류한다. 성미 급한 남자를 닮은 곧게 뻗은 물길을 온몸으로 받아주는 물굽이. 그 만곡부는 여성의 포용 같다. 여울진 쉼이 있는 그곳에 비스듬히 누운 버드나무는 푸른 잎을 물결에 드리운 채 출렁인다. 일필휘지, 자유로운 필법이다. 잉어들은 군무를 펼치고, 한 무리의 오리들이 여유롭다.

곡선은 완만함과 여유의 아름다움이지만, 그 안을 들여다보면 치열한 몸부림이 있다. 산란기의 열목어가 제 몸길이의 열 배나 되는 폭포를 거슬러오르는 것을 본 적이 있다. 홍천군 내면의 칡소폭포, 거대한 장벽을 만난 열목어는 평온한 물살을 가르던 지느러미의 힘으로는 뛰어넘을 수 없음을 본능으로 알아챘다. 꼬리와 몸통을 힘차게 구부리는 혼신의 반동으로 폭포를 차고 오르는 것이었다. 산란에 적합한 얕고 잔잔한 여울에 도달하기 위해 목숨을 건 모험이었다. 산란과 맞바꾼 어미 열목어는 굳은 사체로 떠올랐다.

낚시광이었던 아버지를 따라 저수지에서 잉어낚시를 했다. 수면에 솟아 있는 찌에 잠자리만 쉬었다갈 뿐, 아무런 기척이 없었다. 하품을 쏟을 즈음 찌가 보이지 않았다. 먹이를 놓친 줄 알고 미끼를 갈아줄 요량으로 낚싯대를 들어올렸다. 순간, 무겁고 팽팽하게 당겨진 낚싯줄에 흥분과 긴장이 휘청거렸다. 낚싯대가 피라미나 잡아올리던 곧은 막대기였다면 그 힘에 꺾이거나 부러졌을 것이다. 하지만 대나무 낚싯대의 휘어짐으로 물고기의 저항력은 줄어들었고 온전히 물고기를 끌어올릴 수 있었다. 팔뚝보다 큰 잉어를 난생처음 잡아본 짜릿함은 직선으로 치닫던 사춘기 소년에겐 처음 맛본 굽어짐의 위력이었다.

굽은 골목은 은밀하다 못해 정겹다. 서촌의 오래된 골목엔 저마다 이야기가 숨어 있다. 계단을 통해 끝인가 싶다가도 새로운 길이 열리고, 동심의 깨금발이 가위 바위 보로 오르내린다. 그것을 따라 걷다보면 가슴이 싸한 오랜 일도 낯익음으로 다가온다. 담장 안 애기 우는 소리가 반갑고 낮게 널린 빨래와 소박한 화분과 나무들까지 정겹지 않은 것이 없다.

통신사들은 왜 휘어진 스마트폰을 두고 경쟁할까? 평평한 기기보다 둥글게 휜 편이 편안함을 주기 때문일까. 완만한 휘어짐으로 디자인하면 손에 쥘 때 안정감을 주고, 양쪽으로 휜 화면은 성가신 빛의 반사를 줄여 눈의 피로를 감소시키는 효과가 있다고 한다. 얼굴에 밀착하는 느낌도 좋기 때문이라고 한다. 굽은 것이 평면인 것을 앞서는 이유가 그럴듯하다.

건물의 주체를 철근과 시멘트 벽이라 한다면, 몸은 뼈와 근육이 그 주체다. 딱딱하게 굳은 직선을 떠올리는 경직된 뼈는 몸의 운동과 관계한다. 그러나 신경의 명령을 받은 뼈와 골격근이 수축과 이완을 반복하는 것은 두 뼈를 잇는 관절과 인대가 있기 때문이다. 바깥보다 안쪽으로 휘도록 설계된 몸의 굴절이 없다면 어떻게 걸으며, 어떻게 인사를 나누며, 어떻게 먹을 수 있을까. 눈에 보이는 형상이 감각기관을 통해 보이지 않는 관념에 이르듯, 하나의 구부림에도 의도와 목적이 있게 마련이다.

머리를 숙일 줄 아는 사람이 문틀에 부딪치지 않고, 허리를 구부림에 따라 정중함이 드러나고, 기쁨과 슬픔에 경배하는 무릎에서 자신을 낮추는 지혜를 본다. 미국에서 가장 존경받는 의사에 한인교포가 선정되었다고 한다. 그는 진료 때마다 환자와 눈높이를 맞추기 위해 두 무릎을 꿇고 대화를 했다. 환자의 고통을 이해하고 동참한다는 마음이 앞섰기 때문이었다. 굽히는 자세는 기꺼이 자신을 낮추는 마음이 있기에 가능하다.

위로와 안식을 주는 포옹은 팔을 안으로 굽힐 수 있어서 가능한 일이다. 손목의 구부림 없이 식탁의 요리는 어떻게 만들 수 있을까. 칼의 손목이라 할 칼자루를 잡고 만들어내는 많은 요리들, 그것은 손목과 팔목의 운동이 서로 협력한 결과이다. 곡즉전曲卽全이라 했다. '굽어 온전하다'는 것은, 자기 주장을 줄이고 상황에 따라 뜻을 굽혀야 자신을 온전히 지킬 수 있다는 『도덕경』의 말씀이다.

굽어지지 않는 강은 얼마나 불안할까. 휘지 않는 열목어가 어떻게 폭포를 차고 오를까. 직선의 막대로 어떻게 고기를 낚아올릴까. 구부릴 수 없는 뼈마디로 어떻게 사람의 구실을 할 수 있을까. 굽은 나무가 선산을 지킨다고 했다. 이치에 맞게 행동함으로써 제 구실을 한다는 말이다. 굽어진다는 것은 굴곡이 많아서 스스로 겸손해지고 예절을 갖추는 것, 거기에 비굴이나 굴종이 끼어들 틈은 없어 보인다.

백로와 오리

"다음 생에서는 홀로인 백로보다 오리로 태어나고 싶어."

저 탄천처럼, 문득 내게로 흐른 그의 말이 가슴을 쓸쓸히 훑는다. 수심 얕은 물에 서 있는 백로의 가느다란 다리가 감정을 더욱 짙게 한다. '홀로'라는 것은 독립성이지만 고독은 피할 수 없는 것, 명상가나 수행자를 연상시킨다. 저만큼 가다 뒤돌아봐도 그 자세 그대로인 백로는 내가 저쪽 징검다리까지 돌고 올 때쯤 과연 몇 발짝이나 옮기고 있을까.

사냥감을 찾는 백로의 눈빛은 예리하다. 정중동靜中動. 길고 날카로운 부리는 작살이다. 물고기 한 마리를 낚기 위해 무려 30분이 넘도록 참아낸다. 오랜 기다림 끝의 먹이를 향한 전력투구는 선천적 낚시꾼임을 입증한다. 장난기가 발동하면 점잖은 체면을 버릴 때도 있다. 물가의 수초를 발로 흔들어 먹잇감이 놀라 뛰쳐나오면 잡아채거나, 양 날개를 활짝 펼쳐 그림자를 만들어 피난처로 알고 숨어든 고기를 낚아채기도 한다. 그러나 이것은 어디까지나 기공奇攻법이지 정공正攻법과는 거리가 멀어서, 언제 그랬냐는 듯 멀뚱한 표정으로 원래의 자리로 돌아간다. 미동도 없는 근엄한 왕실 근위병의 모습이다.

새는 날 때가 가장 아름답다. 하늘과 땅을 자유롭게 오가는 신령한 존재, 백로의 비상을 보면, 비록 어리석다 할지언정 이카루스의 날개라도 갖고 싶다. 날아오르려 홰를 칠 때면 목은 앞으로 길게 뻗어 용을 쓴다. 물을 박차고 오른 후에는 다시 S자로, 다리는 꽁지깃 바깥으로 뻗어 날씬한 유선형의 비행체를 만든다. 성공적 이륙을 과시라도 하듯 머리 위를 한 바퀴 선회하고 나면 차츰 시야에서 멀어진다. 하천과 멀지 않은 산 어디쯤에 그들의 집성촌이 있을 것이다. 보통 혼자 있는 모습만 눈에 익지만, 그들도 분명 보금자리로 모여들고 물어온 먹이를 새끼에게 토해줄 것이다. 배부른 날개들은 청정하늘을 무대삼아 한바탕 군무를 펼치겠지.

오리는, 백로의 얕은 물보다 조금 깊은 곳에서 무리를 짓고 있다. 다리가 짧아 슬픈 동물일까, 부리나케 물속을 뒤지고 거꾸로 서서 발버둥을 쳐야 겨우 사냥감을 포획한다. 싱크로나이징을 연상시킨다. 먹이 포획에 뜸을 들이는 백로와 달리, 오리는 부지런히 먹이를 찾아나서는 적극적인 사냥꾼이다.

먹는 데서 성격이 나온다고 하던가. 수초나 조개와 우렁이 등 종류를 가리지 않는 잡식성에서 유추해볼 때, 오리는 다혈질일 것이다. 꿱 꿱 소리를 지르는 모습은 마치 수다스러운 사람을 보는 것 같다. 부지런한 근성 덕에 배곯는 일은 없지 싶다. 단단한 몸, 뭉툭한 부리, 헤엄치기 좋은 물갈퀴는 생활력 강한 살림꾼을 연상시킨다. 무릎연골이 다 닳도록 시장을 드나들던 키 작은 어머니를 보는 것 같다. 어미 오리가 새끼들을 이끌 때는 일렬이다. 어미가 앞장서고 새끼들이 끈처럼 뒤를 따른다. 고만고만한 어린 것들을 이끌고 가는 어미의 모성애는 믿음직스럽기까지 하다.

수면이 주된 삶의 영역인 오리는 멀리 날아야 할 이유가 없다. 기껏 주위 사냥터를 옮길 수 있는 거리만 날면 되는 짧고 낮은 비상이다. 온난화로 철새와 텃새의 기준마저 모호해지고 있는 요즘, 오리는 사철을 거주하는 친근한 텃새다.

고고한 선비나 사색가는 따뜻함보다는 냉철함에 가깝다. 침묵은 필수의 벗, 말을 뱉기보다는 삼킨다. 그래서 실수는 적지만 속을 알 수 없으니 쉽게 다가갈 수 없다. 백로가 그렇다. 먹이를 포획하기 위해 한곳만을 주시하는 백로는 '속을 보이지 말라'는 전략으로 무장한 정치가 같다. 대중과 함께하지 않는 정치, 자신의 입지만을 쌓으려는 이는 가까이하기 두려운 존재다.

반면, 쉽게 감정을 드러내고 무리를 지을 때면 소란한 장마당을 연출하는 것이 오리다. 그 속에 보이지 않는 질서를 만들어 적응하는 것들이다. 열성과 부지런함을 삶의 철칙으로 삼는 실속 있는 사람을 닮은 오리에게서 무리의 힘을 과시하는 결속력을 본다.

그날, 나란히 걷던 그가 성큼성큼 나를 앞질러갔다. 키가 큰 뒷모습은 영락없는 백로, 스타를 따르는 팬처럼 나는 그를 따랐다. 빼어난 외모와 늘씬한 키, 백로는 스타다. 하지만 친숙하기보다 홀로 즐기는 스타 의식은 대중을 멀리한다. 군중 속의 고독, 그 주변으로 오리가 쉽게 몰려들지 않는 이유가 아닐까. 그러나 그는 사람과 어울리기를 좋아하고 비위를 맞추거나 친근한 웃음을 흘리는 백로이자 오리다.

고결함과 평범함으로 단정짓는 것은 인간이 가질 수 있는 하나의 관점일 뿐이다. 우아하거나 통속적이거나, 필요에 따라 자세를 바꾼다. 저마다 어쩔 수 없이 따라야만 하는 삶의 방식이 있다. 다른 것은 같지 않을 뿐 틀린 것은 아니다. 그 삶의 방식이 나와 다르다고 내 기준으로 평가할 수는 없다. 백로와 오리 사이를 우리는 얼마나 오가야만 하는 것인가.

인식표와 호루라기

햇살이 적나라하게 발설하고 있었다. 수줍게 움츠린 유골을 바라보는 시선들이 잠시 고개를 돌렸다. 분명 앳된 유골임이 틀림없어서 가슴 한켠이 싸해지는 걸 느낄 때, 함께 발굴된 녹슨 인식표를 누군가 소중히 들어올렸다. 강산이 여섯 번 변하는 동안 '피의 능선'에 쓸쓸히 묻혀 있던 이름이었다.

동구 밖까지 따라온 어머니의 배웅을 뒤로한 채, 그는 기꺼이 조국의 부름을 따라나섰을 것이다. '꼭 살아 돌아오라'는 어머니의 말씀을 부둥켜안고, 고비고비마다 버텼을 전장. 휴전회담 무렵, 한 치의 땅이라도 더 차지하겠다는 양측의 치열한 전투에 후퇴는 없었다. 서슬 퍼런 명령이 그를 앞으로 앞으로 밀었을 것이다. 오랜 기다림의 시간, 끝내 아들은 전사통지서로 돌아오고, 마지막 말도, 유품도 받아들지 못한 채 어머니는 피

눈물을 쏟았을 것이다. 먼 날의 어머니를 대신해 태극기가 유골을 포근히 감싸안고 있었다.

나는 6·25둥이다. 어머니 뱃속에서부터 수없이 들었을 총소리는 막 걸음을 내디딜 첫돌 무렵에야 멈추었다. 태중에 듣던 전장의 소음은 이미 귀에 익숙해져서일까, 육군의 길을 숙명처럼 받아들였다. 30년간의 군 생활이지만 나는 전투를 체험하지 못했다. 전쟁을 예측하고 훈련은 했지만 그것은 지도 상의 전쟁이었다. 불안한 평화였지만, 전쟁 없는 군인의 길을 다행으로 여겼다. 그러나 격전지였던 고향땅 강릉 해안가에서 흙벽을 뚫고 날아드는 총탄을 피해 뱃속의 나를 지켜낸 어머니를 생각하면, 무훈武勳 없는 오랜 군 생활이 죄송하다는 생각마저 든다.

반닫이를 열고 한동안 갇혀 있던 흔적들에 눈을 맞춘다. 군번줄에 매달린 인식표가 나를 불러주는 것 같다. 호루라기, 계급장과 견장, 버클, 부대 마크 같은 것들이 민간인의 습성에 흠뻑 젖어 있는 나를 빤히 올려다본다. 오랜 시간 땀내와 친근했던 나의 분신들이다.

그 중 유독 마음을 흔들어놓는 것은 국방색 호루라기다. 40여 년 전, 군복 오른쪽 어깨에 끈으로 묶어 주머니에 간직했던 것. 이 보잘것없는 호루라기를 인식표와 함께 애장품으로 간직하고 있는 것은 초급 장교시절을 회상하게 하는 정든 물건이기 때문이다. 호루라기는 지휘의 도구였다. 소리의 위력은 대단해서 내 눈빛과 몸짓을 따라 소대원들은 일사분란하게 움직였다. 대대 첨병 소대장 임무를 수행할 때는 호각도 한 몫을 했다. 독도법도 소용없는 악천후 속에서 본대와 연결해주는 신호용으로 제격이었다. 유격훈련장에선 방전된 병사들의 체력도 재충전시켰고, 무장구보를 할 때에는 거뜬히 반환점을 돌게 했으며, 호각 신호에 맞춰 돌격할 때는 천지가 진동했다. 호각은 힘을 돋우는 데만 필요했던 건 아니었다. 심신이 지쳐 있을 때 달콤한 휴식을 알리는 것도 호각 소리였다.

죽은 자의 유품과 살아 있는 자의 소지품을 생각해본다. 유해 발굴 현장에서 보았던 인식표는 전쟁의 상처와 회한이 담긴 죽은 병사의 유품. 눈물로 지새우던 어머니를 뒤로 하고 먼저 간 피 끓던 스무 살의 체온이다. 우리들의 형이고 삼촌이었던.

전장의 급박한 상황에서 시신을 수습하기 어려운 경우, 인식표만 챙겨 사상자를 보고報告하는데 유골과 인식표가 함께 발굴된 것은 그나마 위안일까. 내게는 여전히 전쟁의 슬픔이 전해지는 물건이다.

호루라기는 실전을 체험하지 못한 나의 분신이다. 전쟁을 대비하는 훈련에 제 소리를 바친 물건이다. 손자 녀석에게 준다 한들 좋아할 장난감은 결코 아니다. 그러나 내게 어떤 경각심을 주고 싶거나 야전이 그리워질 때면 그것을 꺼내 불어보곤 한다.

오래 전의 한때가 후루루, 말을 걸어온다.

"어때. 지난 시절로 돌아가고 싶지 않은가?"

나는 고개를 끄덕이며 대답한다.

"물론."

그러나 안다. 다시는 갈 수 없는 그 시절이라는 것을. 하지만 내 호흡을 묻힌 그 호루라기가 전쟁을 겪은 그 녹슨 인식표처럼 나를 확인시키며 일상을 진두지휘하리라는 것을.

3

사물들을 가만 살펴보면 구석과 모서리가 있다. 어디 사물뿐이겠는가. 어둡지만·아늑하게 숨은 공간이 있다면, 밝게 열려 있는 공간도 있다. 어떤 대상이든 한쪽 면만으로 다 알 수 없다. 양면을 다 알아야 진면목이 보인다. 안과 밖을 모두 알아야 비로소 오해와 편견은 멀어지고 이해와 배려는 가까워지는 것이다.

- 구석과 모퉁이
- 달팽이에 관한 보고서
- 블랙
- 모자에 대한 담론
- 그라운드 제로에 핀 꽃
- 색으로 말하다
- 마지막 화장化粧
- 그늘
- 연밭 소묘
- 그림자 액자

구석과 모퉁이

그림자가 웅크리고 있다. 당긴 두 무릎을 손깍지로 가둔 채. 원초적이고 무방비한 태아 같은 자세를 받아주는 구석. 그 바깥, 걸음이 서둘러 돌아오는 곳은 모퉁이다.

두 개의 벽면이 만나면 정확히 두 개의 공간이 생긴다. 구석과 모퉁이다. 구석은 안이고 모퉁이는 밖이다. 두 공간의 의미는 사뭇 달라서 구석이 닫힌 공간이라면 모퉁이는 열린 공간이다. 구석이 어둡다면 모퉁이는 밝다.

구석을 좋아하는 이들은 은밀한 곳을 찾는다. 강의실에서, 레스토랑에서, 영화관에서 그들이 믿는 구석은 은폐가 주는 위로와 안도가 있다. 권투선수가 3분 동안 4각의 공간에서 죽을 힘으로 싸우고도 버틸 수 있는 것은, 매 라운드마다 90초간 쉴 수 있는 코너 덕분이다. 오픈된 링에서 사각의 구석은 안심할 수 있는 장소다. 로마의 원형경기장이 무자비했던 이유는 구석이 없는 까닭이다. 흥분한 눈들을 벗어날 곳은 아무 데도 없다. 속속들이 비밀을 꿰고 있는 신 앞에 최초의 인간은 얼마나 두려웠을까. 언제든지 죄수를 감시할 수 있도록 원형으로 만든 파놉티콘panopticon 감옥처럼, 은신할 구석이 없어 여유를 잃어버린 세상은 얼마나 불안할까. 애써 손에 넣은 사냥감을 숨겨놓은 구석은 짐승이 안심하며 먹을 수 있는 곳이다.

구석은 탐욕과 허영을 버린 겸손한 자를 받아들인다. 부끄러움을 내려놓거나 가식을 벗은 자를 끌어안는다. 마음 깊숙이 잠자던 고독을 깨우고 잃어버린 사색을 찾아주는 구석은, 부풀린 욕망의 몸피를 작아지게 한다. 웅크린 자세를 좋아하는 것도 그 까닭이다.

구석을 잘 아는 사람은 성공의 앞줄에 선다. 중심에서 키우는 목청이 잘 들릴 테지만, 후미진 곳의 애환을 모르고 살아온 사람을 누가 따르겠는가. 선거에서 이기는 쪽은 구석구석을 파고든 사람이다. 리더는 구석의 눈물을 알기에 그 구석들이 힘을 모아 지도자를 만든다.

슬픈 소식이 오거나 사랑하는 사람이 사라지는 곳이 모퉁이다. 매정한 그림자를 남긴 서늘한 이별은 서둘러 모퉁이를 돌아서 나간다. 사랑이란, 어쩌면 서로의 틈을 메우는 일인지도 모른다. 가지 말라고 매달리는 울음을 떼어놓고 돌아서는 이별은 벌어진 틈을 끝내 메우지 못해서이다. 믿음의 울타리가 허물어지던 날, 미안하다는 말 한 뭉치를 휙 던져놓고 돌아간 걸음은 다시 모퉁이를 돌아오지 않았다.

모퉁이는 간절한 시선이 머무는 곳이다. 누가 올까, 무엇을 가져올까, 무슨 일이 생겼나, 끝도 없는 궁금증이 뿌리에서 줄기로, 줄기에서 열매로 이어지듯 확장된다. 낯선 도시에서 본 적 없는 풍경에 눈이 번쩍 뜨이듯, 길모퉁이를 돌아서면 멋진 세계가 있으리라는 기대가 모퉁이 너머를 동경한다.

언젠가 골목을 힘들게 오르다 만난 부암동 카페 이름은 '산모퉁이'였다. 도심을 빠져나온 모퉁이, 산과 인접한 그곳은 기분마저 경쾌하게 만들었다. 인왕산과 성곽 길을 한눈에 바라본 것은 보너스였다. 일 년에 겨우 두서너 잔 마실까한 커피가 그날 따라 기분 좋게 목을 타고 넘어갔다.

구석은 생활의 4각 링으로 나가기 위한 충전소. 하지만 구석은 지친 일상이 오래 머물기를 원치 않는다. 지극히 개인적인 공간이면서 생명의 힘을 얻는 곳이다. 세상의 한가운데서 시달린 육신을 받아주는 곳이면서 동시에 세상으로 나갈 준비를 하는 곳이다. '방구석' '집구석' '촌구석', 얕보듯 하찮게 발음하던 그곳에서 나는 에너지를 충전했다. 넥타이를 바짝 고쳐 묶고, 신발 끈을 조이면서 삶의 중심을 향해 힘찬 발걸음을 내디뎠다.

구석은 부끄러움이 많아 좀처럼 밖으로 나가지 않는다. 그러나 바깥을 향한 호기심은 끝없이 커져서 청각과 후각이 자라는 곳이다. 구석이 구석을 벗어나는 것도 그 때문이다. 시린 마음에 군불을 지피며 숨죽여 울 수 있는 부엌은 어머니의 구석이었다. 하지만 그곳을 나올 때면 언제 그랬냐는 듯 환해지셨다. 그런 어머니를 내내 기다리던 곳은 모퉁이였다. 산자락이 휘돌아나오는 그곳을 지켜보던 눈이 반짝, 빛나는 순간 저 멀리서 미소가 다가왔다. 어스름 속에서도 가쁜 숨소리가 느껴졌다. 작은 가게 모퉁이를 돌아나간 소년은 따스한 품에 안겼다.

모퉁이는 여전히 설렘이다. 예상한 시간에 맞춰 찾아온 환한 웃음은 짜릿하다. 지극한 기다림 끝에 맛보는 기쁨. 사랑이 조바심을 일으키기도 하지만 그 조급증을 누르며 기다릴 수 있는 것은 설렘이라는 마지막 모퉁이가 있기 때문이다.

그 모퉁이에 추억을 부르는 소리들이 있다. 이슥한 밤, 담 모퉁이를 돌아나오던 '찹쌀떡' 외침은 추억을 입맛 돌게 한다. 계절의 모퉁이를 돌면 귀뚜라미가 글을 읽고 가시덤불을 헤치며 노래하는 찌르레기가 있다. 바람에 실려온 모퉁이엔 낙엽 구르는 그리움이 있다. 때로 지루하고 짜증스러워도 끝내 기다리는 기쁨, 모퉁이에서는 시각이 끝도 없이 자란다. 청춘의 기다림이 하루 종일 스마트폰에서 눈을 떼지 못하는 것도 사랑한다는 연인의 기별을 보기 위해서다. 모퉁이를 돌아온 소식은 잘 익은 포도주처럼 반가운 향기를 풍긴다. 먼 북쪽을 돌아온 정겨운 소리가 채근한다. “일어나거라” “밥 먹어라” “체할라”. 그 소리가 새벽의 모퉁이를 돌아와 나를 깨울 때면 불현듯 그리움이 치민다. 그 소리들은 이미 이승의 모퉁이를 돌아나갔다.

사물들을 가만 살펴보면 구석과 모서리가 있다. 어디 사물뿐이겠는가. 어둡지만 아늑하게 숨은 공간이 있다면, 밝게 열려 있는 공간도 있다. 어떤 대상이든 한쪽 면만으로 다 알 수 없다. 양면을 다 알아야 진면목이 보인다. 안과 밖을 모두 알아야 비로소 오해와 편견은 멀어지고 이해와 배려는 가까워지는 것이다.

어느덧 구석을 볼 줄 아는 나이. 허물을 이해하고 배려하는 포용 속에서 나는 구석을 벗어나거나 모퉁이를 돌아나간다. 곧게 뻗은 길이 성공에 이르는 지름길로 알았지만, 번번이 모퉁이를 만나면서 속도를 줄여야 함을 깨닫는다. 모퉁이가 없는 길은 어디에도 없다. 모퉁이는 돌아가는 지혜를 일깨워준다. 들숨과 날숨을 조절하며 오늘도 나는 구석과 모퉁이를 오간다.

달팽이에 관한 보고서

와작, 발밑에 들러붙는 불길한 소리. 아뿔싸! 주저앉은 집 한 채가 바닥에 눌러붙어 있다. 황급히 촉수를 집어넣은 몇 채가 불안하게 나를 주시한다.

비 그친 숲을 산책하는 여유로운 나와 필사적으로 길을 횡단하는 달팽이 사이에 벌어진 예기치 않은 비극이다. 내겐 사소한 일이 누군가에게는 청천벽력. 미처 길을 건너지 못한 달팽이들을 건너 풀숲으로 옮겨줄까 생각하다 이내 마음을 접는다. 그들만의 보법에 끼어든 나의 간섭은 무시무시한 공포일 것이다. 그것은 달팽이보다 내가 우월하다는 생각에서 나온 선심, 그들의 의도는 헤아리지 않은 독선적인 베풀기다. 생명을 살렸다는 자만심이다.

'등짐 진 느림보' '흐릿한 눈의 잠꾸러기' '어둠을 헤매는 방랑

객' '시간을 초월한 은자' 등의 별칭들은 인간의 시각으로 달팽이를 바라본 것이다. 점액질의 길을 이끌고 숲을 횡단하던 그들의 기원을 안다면, 우리의 자만심은 달라질 것이다. 멸종위기 속에서도 수억 년 동안 진화해온 달팽이는 300만 년쯤인 인류의 기원과는 비교가 되지 않는다.

언제부터인지 속도를 섬기는 인간은 '느림'을 경멸하기 시작했다. 느린 것은 뒤처짐이자 패배라는 인식이 달팽이의 보폭을 답답해한다. 하지만 그 작은 몸이 혼신을 다하는 걸음은 우리의 백 미터 달리기 속도다. 새는 날아서 가고, 말은 뛰어서 가고, 거북이는 네 다리로 기어서 가고, 달팽이는 제 몸을 밀면서 최선을 다해 살아가는 것뿐이다.

속도의 경쟁에서 처진 이들에겐 달팽이의 보법이 지구전持久戰의 본보기가 될 것이다. 행동이 재야 먹이를 쟁취하지만, 느려서 덕을 보는 경우도 있다. 동물의 세계에서 빠른 움직임은 포식자의 주의를 끌게 마련이다. 먹고 먹히는 야생의 속성을 간파한 느림은 포식자의 눈에서 멀어진다. 경주에서 골인지점에 먼저 도착한 것은 속도로 승부한 토끼가 아니라 자신의 단점을 끈기로 이겨낸 거북이었다. 경쟁자가 오로지 자신인 완주의 저력을 달팽이에게서 배운다.

달팽이의 시원은 고생대 캄브리아기의 바다였다. 그들은 조상들이 태어나 자랐던 바다를 찾아가는 것이 평생의 꿈이었을

지도 모른다. 하루아침에 갈 수 없다는 사실 때문에 속도전이 아니라 지구전을 선택해야 했던 것. 천적으로부터 보호받으며 그 길을 가기 위해서는 안전한 거처가 필요했을 것이다.

나선형 집은 방어술과 관련되어 있다. 위험을 감지하면 재빨리 문을 잠근다. 문을 두드려도 기척이 없다. 주위 환경과 어울리도록 위장된 집은 비상사태가 해제될 때 까지 열리지 않는다. 그만의 성城에서 몇 날, 몇 달, 심지어 몇 년까지도 죽은 듯이 잠을 잘 수도 있다. 등짐 진 달팽이의 이동식 집은 그런 점에서 완벽한 쉼터다. 군인은 텐트로 야영을 하지만 그것은 임시 거처일 뿐이고, 젊어진 짐을 지하도 바닥에 깔고 그 위에 몸을 누인 노숙자의 잠은 불안하다. 허리띠를 졸라맨 주택부금으로 겨우 쉼터를 장만하는 인간은 어떤가. 대부분 번듯한 집 한 채 마련하고 나면 생의 끝이 보이지 않는가.

냄새 맡고, 맛보고, 접촉하면서 사물을 알아채는 달팽이는 타고난 감각의 소유자다. '먼저 보고 먼저 쏘라'는 전투 수칙으로 볼 때 난시와 난청은 생존에 부적합하다. 그러나 이 역시 인간의 생각일 뿐, 시각장애인의 지팡이처럼 큰 더듬이가 물체를 읽고, 작은 더듬이가 먹잇감을 찾는다. 보고 들어야만 사물을 인식하는 인간에 비해 촉각만으로 알아채는 달팽이를 하등동물이라고 섣불리 말할 수 있을까.

그들의 사랑법은 특별하다. 암수 한몸이지만, 서로 수컷이 되어 단단한 침을 큐피드의 화살처럼 정확하게 상대의 옆구리에 찔러 넣는다. 혹 사디스트가 아니냐고 반문할 수도 있지만, 천만의 말씀. 뿔을 곧추세워 사랑하는 대상을 끊임없이 배려하면서 애정을 쏟는 다정한 몸짓이다. 무려 7시간이나 정성들이는 사랑은 성실과 신뢰가 바탕이다. 무례와 폭력은 없다. 뒤틀림이 끼어드는 인간의 사랑법과는 다르다.

일찍이 근친상간을 피해 우량한 후손을 만들어내는 우생학優生學을 터득한 달팽이는 오랫동안 홀로 떨어져 있기도 한다. 제 처지에 맞게 자가 수정도 한다. 비상시를 대비한 번식전략이 수억 년을 살아낸 비결일 것이다. 어떤 경우라도 자신의 유전자를 지켜나가는 이들은 지구가 멸망하지 않는 한 끝내 존재할 것이다. 인간은 이제야 겨우 '자기 복제술'의 첫걸음을 떼었을 뿐이다.

달팽이는 온몸이 발이다. 바닥과 가장 가까운 밀착으로 땅의 기운을 빨아들인다. 온몸으로 세상을 읽는 보법은 먼 순례길의 오체투지만큼이나 숭고하다. 직립보행의 인간이나 네 발로 걷는 동물에겐 뛰어넘지 못할 담이 있지만, 달팽이에게 넘지 못할 장애물은 없어 보인다.

푸른 채소를 먹으면 푸른 똥을, 황색 채소를 먹으면 주황색 똥을 누는 채식주의자. 수천억을 횡령하고도 시침 뚝 떼는 인간에 비하면 얼마나 정직한가. 서른두 개의 이를 정기적으로 스케일링을 하고 충치를 때우고 임플란트 시술을 하는 인간과 달리, 만여 개가 넘는 이빨을 지녔어도 부드러운 혀처럼 보이게 하는 위장술이 놀랍다. 뻐대 있는 것들이 목에 힘을 주거나 어깨를 세우는 반면, 특유의 부드러움으로 세상을 살아가는 놀라운 처세술이다. 몸집은 작아도 두려움 없고 지칠 줄 모르는 숲속의 탐험가. 느림 속에 용의주도함과 위엄이 있다. 단호함과 자신만만함이 있다. 인간은 얼마나 많은 세월 동안 제 보폭을 잃어버리고 삶에 가속도를 붙여왔는가.

행여 다시 그들을 밟을까 조심스럽게 발걸음을 옮긴다. 작디작은 근육 주름을 움직이며 미끄러지듯 앞으로 나아가는 축축한 길을 따라 여름이 꿈틀, 옮겨간다. 나도 그들의 보법으로 천천히 숲으로 향한다.

블랙

배수 터널 쪽으로 걸음을 옮겼다. 어른들이 양동이 가득 물고기를 들고 나온 장면을 목격한 터라 당연히 호기심은 그쪽을 택할 수밖에 없었다. 친구들과 저수지 수로를 따라들어갔다. 빛을 모두 잠근 배수갑문은 두려움만 흘려보내고 무릎까지 무서움이 찰랑거렸다. 천정에 매달린 박쥐들을 보는 순간 오싹 소름이 돋았다. 평소와 다른 물소리가 귀를 먹먹하게 했다. 그러나 어둠 속에서 보이는 눈은 따로 있는 것처럼 주변이 희미하게 보이기 시작했다. 으슥한 곳이 아늑한 곳인지, 갑문 주변으로 호흡을 뻐끔거리는 물고기들이 까맣게 모여 있었다.

돌아나오는 길이 문제였다. 보이지 않는 손이 목덜미를 잡아당겼다. 마법에 걸린 듯 발걸음이 물속에서 얼어붙었다. 들고 간 괭이와 작대기로 터널 벽을 쾅쾅 쳤다. 큰소리로 노래도 불렀다. 노랫소리는 약간의 두려움을 떼어냈지만 출구에서 들어오는 한 줄 빛을 만나고서야 스르륵 우리의 목덜미는 풀려났다. 느닷없는 빛에 놀랐는지 양동이 속이 분주했다.

동굴, 끝이 보이지 않는 터널, 컴컴한 방은 두려움이다. 동심에서 비롯한 모험은 밝음 너머의 어둠으로부터 시작되었다. 그 어둠은 깜깜하거나 컴컴하거나 어둑한 검정. 검정은 상반된 두 얼굴을 지녔다. 신비와 고귀와 위엄을 표정짓다가도 어느새 암흑과 죽음의 표정으로 돌아선다. '침묵하는 색채이자 죽음과 동의어'라는 칸딘스키의 주장을 따라가면, '가장 기본적인 색, 가장 무난한 색, 가장 멋진 색'이 블랙이다. 검은 정장은 미팅 장소로, 결혼식장으로, 상갓집으로 출입하는 데 무리가 없다. 넥타이, 액세서리, 가방의 색깔에 따라 어느 곳이든 통하는 색깔이다.

검정은 진실의 아이콘이다. 비행기 블랙박스가 오렌지색이나 노란색임에도 '블랙'으로 불리는 것은 내장된 비밀이 바로 진실이기 때문이다. 경사스러운 날, 합죽선에 쓴 경구나 좋은 문장은 마음을 담은 진지한 정성이다. 한지에 먹물로 쓴 글씨는 어떤 색깔보다 신뢰도를 높인다. 그것을 인정한다는 듯 붉은 낙관을 꾹, 눌러주지 않는가. 글이나 그림의 세련된 검정, 먹의 번짐인 농담濃淡에 따라 동양적 운치를 더해준다.

"지미 추의 구두에 발을 넣는 순간, 너는 이미 악마에게 영혼을 판 것이다”

영화 〈악마는 프라다를 입는다〉를 주도한 색은 블랙이다. 편집장 메릴 스트립이 입은 검은 드레스, 비서 앤 해서웨이의 검은 원피스는 보수적 권위와 발랄한 섹시함의 대비였다. 훤칠한 키와 흰 피부에 어울리는 검정 패션은 도회적 매력을 발산했다. 빨간 립스틱은 매혹적인 패션의 마침표였다. 명품의 가치를 맛보면 마약처럼 절대 벗어나지 못하기 때문에 악마의 유혹에 영혼을 판 것이나 같다고 했다. 악마는 블랙의 이미지와 딱 맞아떨어졌다.

이익을 뜻하는 흑자는 검정의 최상급 표현이다. 적자인 빨강에 비한다면 안정적인 표정을 짓게 하는 검정이다. 법복이나 수녀 복장이 컬러풀하다면 경건함과는 멀어진다. 고가의 세단, 연미복, 연주자의 상의는 예외 없이 중후한 검정이다. 패션의 완성 또한 검정이다. 화려함을 후순위로 슬쩍 밀면서도 결코 우아함과 중후함을 잃지 않기 때문이다.

한때, 백색식품은 부의 상징이었다. 쌀과 밀가루와 설탕 등은 사정이 넉넉한 집이 선호하는 삼백三白이었다. 잡곡밥은 끼니 해결에 만족했던 서민의 주식이었다. 흰밥을 원 없이 먹고 싶었던 때도 있었지만 지금은 블랙푸드가 대세다. 건강에 이롭다는 입소문에 식탁은 흑풍을 몰고 왔다. 백미보다는 현미와 흑미를, 정제한 백분보다는 거친 호밀을, 백당은 되도록 줄이자는 캠페인에 동조하고 있다.

검정은 블랙홀처럼 가치를 빨아들인다. 위세등등한 검은 정치학은 만인의 눈을 가리고 다양한 판단을 흡수해버린다. 위협과 공포의 상징이었던 파시스트의 검은 셔츠단이나 일본의 극우파들은 획일화된 맹목적 애국주의를 검정으로 포장했다. 속내를 은폐하는 검정, 위장술에 능한 검정. 비선秘線이 조직을 움직이고 전횡과 농단을 일삼는 것도 검은 권력의 생리다. 곳곳에 설치된 CCTV는 검은 눈이다. 드리워진 감시의 그림자. 하지만 그것 없이는 안전을 담보하지 못한다는 이율배반이다.

썩어가는 것들은 검다. 부패한 고기, 시궁창, 벌레 먹은 치아가 그렇다. 중세 유럽인구의 절반을 앗아간 페스트에 흑사병이라는 딱지를 붙인 것도 죽음을 검정으로 대체했기 때문이다. 장례식에서 살아 있는 이들은 블랙리본을 달고 죽은 이들을 애도한다. 빛을 잡아먹은 폐가는 불길한 검정을 키운다. 흑심을 품은 밤은 인간의 범죄성을 악화시킨다. 밤이면 더욱 굳게 문을 닫아거는 것도 그 때문이다. 그러나 검정의 도전적인 카리스마 내면엔 두려움이 숨어 있는지도 모른다. 내약외강內弱外強, 블랙리스트도 어쩌면 두려워서 경계심의 일종으로 보호막을 치는 것이 아닐까.

순혈주의, 하얀 색에 익숙한 우리 정서에 검정은 부정적 이미지가 강했다. 그러나 검정은 희망이다. 태초의 색깔 검정에서 역사는 창조되었다. 어둠을 젖힌 해가 둥글 떠오르고, 어둠 속에서 생명이 태어난다. 불에 탄 나무가 숲으로 돌아오지 않는가. 검정은 더 이상 슬픈 색이 아니다. 칠흑 같은 터널을 벗어나면 어느새 빛이 보인다. 탄부의 검은 얼굴에서 하얀 웃음을 발견하듯 어둠이 있기에 밝음의 소중함을 알고, 어둠이 있었기에 현재가 밝은 것이다. 잠시 우울하다고 실망할 필요는 없다. 색의 부재不在를 원점에서 시작하는 색, 모든 부정否定을 덮어버리는 마법이 블랙이다.

모자에 대한 담론

예상은 비껴가지 않았다. 트레이드마크를 생략한 그를 오늘도 볼 수가 없다. 정장이거나 캐주얼한 복장이거나, 그는 늘 모자를 착용한다. 종류는 더러 같을지 몰라도 색깔이나 디자인은 조금씩 다르다.

내가 기억하는 최초의 모자는 '쓰개'다. 머릿수건으로, 세수수건으로 사용한 그것은 부엌으로, 장마당으로, 들녘으로 분주히 다녔다. 어머니는 그것으로 옷에 묻은 저녁 어스름을 툭툭 털며 들어오셨다. 쓰개는 철저히 실용에 바탕을 둔 모자였다.

모자는 신분이다. 링컨의 실크햇이 챙보다 높이에 중점을 두었다면, 조선 선비들의 갓은 높이는 물론 챙의 넓이까지 두루 고려했다. 높이나 넓이에 따라 신분은 달라졌다. 양반들은 맞춤한 갓끈에 장식까지 달았으니 멋도 소홀히 하지 않았다. 갓,

망건, 탕건, 패랭이, 삿갓, 익선관 등 종류도 많은 모자다. 오죽하면 조선을 '모자의 나라'라고 했을까. 평상시에는 신분에 따라 엄격히 구별됐으나 예외는 있었다. 서민에게도 사모의 착용이 허용된 것은 경건한 축하의식인 혼례 때였다. 경직된 신분사회 속의 작은 배려라고 할 수 있다.

모자는 획일화된 군중심리다. 특정 단체를 표시하기 위해 같은 모자를 쓰고 나오지 않는가. 같은 뜻을 가진 이들이라는 표시, 어떤 개별 행동도 용납 않겠다거나 하지 않겠다는 의중을 드러낸다. 군인 신분이었던 나는 계급에 복종해야 하는 모자의 하수인이었다. 갈매기와 다이아몬드에 온통 지배당하는 작대기. 그러나 아들의 첫 휴가 때의 이등병 계급장은 그 무엇보다 멋졌다는 지인의 말은 내게 자부심을 챙겨주었다. 군모에 개성을 드러내 자기만의 이미지를 만든 이도 있다. 맥아더 장군의 각이 없는 헐렁한 금테 모자와 패튼 장군의 빛나는 은색 철모, 몽고메리 장군의 찌그러진 블랙 베레모가 그렇다. 모자는 그들의 신분과 지위에 걸맞는 카리스마를 연출했다.

모자는 위장이다. 투병 중이어서 머리가 듬성한 경우, 민머리거나 헤어스타일이 엉망인 경우에 유용하다. 얼굴의 반을 가리고 입술에 립스틱만 발라도 부스스한 행색을 위장할 수 있다. 그런 이들에게 실내에서는 모자를 벗어야 한다고 눈치를 줄 수 없다.

비니 모자를 써야 했던 때가 있었다. 숱이 줄어든 엉성한 머리를 숨겨주면서 방한을 겸한 패션으로 적당했다. 눈 내리는 공원, 영화 〈러브스토리〉에서 빨간 털모자를 쓴 제니와 두툼한 코트 깃을 세운 올리버가 눈싸움을 하는 아름다운 장면을 떠올리며 나는 애써 병색을 숨겼다. 여러 달 동안 영화의 주인공이 되는 상상의 모자를 쓰고 있었다.

모자는 예의다. 자신보다 나이가 많거나 신분이 높은 사람 앞에서는 모자를 벗는다. 어느 모임에서 버젓이 모자를 쓰고 있다면, 그는 버르장머리 없는 사람이거나 피치 못할 사정이 있는 경우다. 하지만 여자들의 경우는 예외로 두기도 한다. 모자를 벗어 가슴에 댄 채 공손히 머리를 숙일 때, 그는 단번에 신사로 인정된다. 그러나 갓은 달랐다. 의관을 갖춤은 갓 끈을 동여매야 완성되는 것, 결코 아무 데서나 함부로 벗어놓을 수 없는 모자였다.

모자는 패션이다. 옷이나 헤어스타일에 어울리는 액세서리 같은 것이다. 어떤 모자를 쓰느냐에 따라 분위기가 달라진다. 티셔츠와 청바지, 그리고 운동화에는 야구모자가 제격이다. 마니아들은 정장에도 모자를 쓰곤 한다. 매력적인 외모가 경쟁력인 시대, 멋쟁이라고 소문난 스타들이 모자를 즐겨 쓰는 이유다. 모자의 스타일도 많이 변했다. 과거, 신분과 권위의 상징이었다면 오늘날에는 기능과 패션으로 기울었다. 삶의 질이나 속도와도 무관하지 않다. 권위주의가 몰락하면서 모자의 권위도 상실된 듯하다. 실크햇과 갓이 사라졌으니 그 앞에서 굽실거릴 일도 없어졌다.

일제강점기 순사들이 쓴 모자는 두려움이었다. 도리우찌는 '새잡이 사냥꾼'의 모자에서 비롯된 헌팅캡을 일본식으로 해석해 부른 이름이다. 당꼬 바지에 홈스팡 자켓에 어울린 그것은 '똘마니'를 연상케 한다. 누군가의 앞잡이라는 인식에서 오는 부자연스러움이다. 편한 신발과 점퍼 차림에 어김없이 도리우찌를 쓴 실버들을 보며, 정형화된 패션을 벗어나게 해주고 싶은 충동마저 일으키는 것도 그 때문이다.

모자는 신체부위 중 가장 높은 곳에 얹힌다. 그 모양 그대로 벗어 모신다. 모자가 뒤집힌 때는 드물다. 뒤집힌 모자는 주로 걸인의 구걸에 쓰이니, 함부로 다룰 수 없는 존재다. 하지만 영원히 지속해 쓸 수 있는 모자는 없다. 알게 모르게 우리는 보이지 않는 자신만의 모자를 쓰고 벗기를 반복한다. 자존과 비열, 도전과 회피, 기쁨과 노여움 같은 의식의 모자가 그렇다. 위엄이 벗겨진 모자는 황당함이다. 예기치 않게 훌렁 벗겨져 나갈 때의 당황스러움이라니. 황급히 주워 얹어도 들키고 싶지 않은 모습은 이미 발각되고 만 상태다. 바람만 불어도 두 손이 챙으로 옮겨가지 않는가.

궁금한 모자 속이다, 그런 나의 속내는 아랑곳하지 않은 채 나타난 그는 블랙 계통의 양복에 회색 목 티셔츠를 받쳐 입고 검은 베레모를 쓴 심플한 스타일이다. 마치 맥아더의 고상한 품격 위에 몽고메리의 거만한 자존심을 올려놓은 듯하다. 외출할 때면, 옷에 어울리는 모자를 선택하는 일은 만만찮아서 거울 앞에서 이것저것 골라 쓰고 벗기를 여러 차례 한다는 그는 진정한 패셔니스타다. 그에게 모자는 외출의 마침표다.

〈모자가 인간을 만든다〉는 화가 막스 에른스트의 그림을 본 적이 있다. 사람이 모자를 만들지만, 모자가 신분을 만들고 품위를 만들고 분위기를 만든다는 점으로 볼 때, 그의 그림이 전하는 의미는 충분히 타당성이 있다.

그라운드 제로에 핀 꽃

한 쌍의 연인이 포옹을 한 채 오래도록 나무를 바라보고 서 있었다. 그것은 목발 짚은 상이군인처럼 세 가닥 와이어에 의지하고 있는 나무에 대한 경건한 퍼포먼스였다. 나무에는 꽃다발이 걸려 있었다. 잿더미로 변한 참화 속에서 살아남았다는 그 자체만으로도 고귀한 일, 꽃다발은 미국 최고 훈장 '메달 오브 아너'보다도 값져보였다.

9·11테러 현장. 그라운드 제로에 도착한 것은 오후 3시가 넘어서였다. 보스턴에서 자동차로 출발한 지 5시간 만이었다. 순례 행렬처럼 추모공원으로 들어가려는 인파가 긴 꼬리를 늘어뜨리고 있었다. 30여 분을 기다린 끝에 보안 검색대에 이르렀다. 사람들은 입장료대신 자발적으로 추모함에 성금을 넣고 있었다.

'살아남은 나무'를 중심으로 조성된 생명의 숲. 그 뒤편으로 새로 건설되고 있는 월드 트레이드센터가 위용을 드러냈다. 미국이 독립을 선언한 1776년을 상징해 1776피트 높이로 설계했다고 한다. 역사를 소중하게 생각하고 기억하려는 미국다운 발상이었다. 문득 허물어버린 옛 조선총독부 건물은 어디로 갔을까 생각했다. 몇 해 전 베를린에서 소련군이 만들어놓은 전승 기념비를 보았을 때도 나는 같은 생각을 했었다.

미국의 자존심이 통째로 무너져내린 무역센터 건물 터에는 사각형의 추모 연못이 있었다. 가슴 높이쯤의 네 벽면에서 물이 쏟아져 내리고 바닥 중심에 또 네모의 홀이 있어 그 안으로 다시 물이 쏟아져 들어가는 이중 구조였다. 거대한 세탁기를 연상시켰다. 그날 살아남지 못한 2,983명의 이름이 벽면에 새겨져 있고 이름들은 쏟아져 들어가는 폭포수를 내려다보고 있었다. 이름표 앞에 얼굴을 묻고 흐느끼는 사람이 있는가 하면, 희생자들의 이름이 새겨진 대리석을 쓰다듬으며 눈물을 글썽거리는 이들도 있었다. 6월이면 흔히 보던 그 모습이 낯설지 않았다. 카메라 셔터를 누르려던 손을 살며시 거두어들였다.

불에 의한 파괴를 물에 의한 치유로 나타내려함인가. 테러로 얼룩진 혼탁한 세상을 씻어내기라도 하려는 것일까. 추모의 연못에서 쏟아져 내리는 물은 지옥불이 덮친 그날을 끊임없이 씻어내고 있는 듯 보였다. 덕을 닮으라는 동양에 비해, 서양에서는 물을 심판의 도구로 생각하는지 세상을 쓸어버린 신화가 있다. 새로운 창조라는 이름으로 신이 인간에게 내린 심판치고는 무자비한 처사가 아닐 수 없지만, 아무튼 물은 생명을 소생시키는 정화의 의미가 더 커보였다.

추모공원의 나머지 공간에 가득 심은 참나무는 봄에 가장 일찍 연둣빛 잎을 내밀고 여름에 신록을 뽐내다가 가을이면 단풍을 곱게 물들이는 변화무쌍함을 상징한 것일까. 특별히 돌보지 않아도 살아남는 끈질긴 생명력이 으뜸인 참나무와 추모연못의 힘찬 물세례가 참혹했던 그곳을 역동적인 생명의 공간으로 바꾸어놓았다.

무자비한 살육, 테러를 막아낼 사랑의 묘약은 없는 것일까. 살아남은 나무 곁에서 눈물을 글썽이며 포옹을 하고 있던 연인의 모습이 석양을 등지고 돌아서려는 내 발목을 잡는 듯했다. 순간, 꽃처럼 피어 있던 그들이 몸짓으로 보여주려는 말이 상상의 나래를 달고 내 귀로 날아왔다.

'사랑하라, 그렇지 않으면 지금 잃은 것보다 더 많은 것을 잃게 될 것이다.'

색으로 말하다

만약 색깔을 분별할 수 없다면 어떨까? 그 색이 그 색이라서, 네 편 내 편으로 마음이 나뉠 이유도 없어질까.

시각에 가장 먼저 반응하는 인간은 색에 민감할 수밖에 없다. 눈을 뜨면 맞닥뜨리는 색깔. 색으로 하루를 시작하고, 색으로 마감한다. 상대의 눈빛이나 얼굴빛을 읽으며 바르고 몸에 입고 걸친다. 색의 위력은 지대해서 생각과 행동을 지배한다. 색에 의미를 부여하고 자신의 성향을 드러내는 것도 이 때문이다.

색을 먹는다. 식욕을 자극하는 것도 색깔이다. 붉은 초장과 녹색의 브로콜리, 노릇함과 연두와 흰색이 조화를 이룬 양배추, 흰자위와 노른자가 어우러진 달걀부침과 쌀밥과 국까지, 조리방법은 달라도 눈과 혀가 가장 먼저 반긴다. 건강에 좋다고, 잡곡밥이 당당히 공신반열에 올랐지만 흰밥처럼 색을 잘 받아들이는 것도 없다. 바삭한 김을 올려놓아도, 각종 채소를 곁들이거나 김치를 얹어도 군침을 돌게 한다. 이처럼 색깔과 식욕은 비례해서 영양과 건강의 상관관계를 부추기면서 탐식과 미식을 넘어 쾌락의 경지로 치닫고 있다.

빨강 셔츠와 청색 재킷을 골랐다. 빨강과 파랑은, 검은 계열의 정장과 회색 바지와 감색 재킷 같은 튀지 않는 색을 선호한 내게 파격의 색깔이었다. 제복과 정장에 길들여진 권위를 일시에 내려놓은 반란, 그러나 갑자기 빨강의 외향적이고 충동적이거나 파랑의 독선적인 기질로 변한 것은 아니다. 좀 더 열정적이고 싶은 욕구, 활기차게 보이고 싶은 욕망이 컸다. 그동안 내 몸은 무채색에 얼마나 따분했을까. 색깔이 달라지고 패션이 달라지자 신발의 색도 바꾸어야만 했다. 캐주얼 차림에 검은 구두는 센스 없는 사람으로 보이기 쉬워서 가벼운 느낌의 갈색 신발로 바꾸었다.

"밝고 멋져요. 훨씬 젊어 보이네요."

그동안 멀게만 느껴지던 차가움이 확 달아나는 것 같다는 말을 기분 좋게 받아들인다. 고리타분한 관념을 벗어버린 색깔의 반란을 굳이 진압할 마음이 없어진다.

정치가들은 옷 색깔에 메시지를 담기를 좋아한다. 그동안 남성 대통령 일색이었던 탓에 옷 색깔에 그다지 눈이 가지 않았다. 넥타이나 셔츠 색으로 그 뜻을 헤아려보는 것이 고작이었다. 대통령의 옷 색깔은 그날의 메시지가 담겨 있어 경제활성화와 같은 소망의 행보일 때는 빨강이나 연노랑 같은 밝은 색깔의 옷으로, 상황이 엄중할 때는 무채색 계열을, 외빈 접견이나 만찬장에서는 초록색 정장이나 붉은 꽃무늬 한복을 입는다. 어떤 의상인지 무슨 색깔을 입는지가 주요 관심으로 떠오른 것이니, 색에 더 민감할 수밖에 없다는 생각을 한다. 미국의 대통령들은 간혹 상대 정당의 대표적인 색을 자신의 넥타이에 표현해냄으로써 상생과 화합의 메시지를 담아내길 좋아한다. 상대를 배려하고 있다는 의중이기도 하다.

자동차 색깔에서도 그 사람의 성향은 드러난다. 대개 남자들은 중후한 검정계열을, 여성은 남성에 비해 밝은 색을 선호한다. 그러나 대부분 화이트, 블랙, 실버, 그레이 같은 무채색이 주류를 이룬다. 내 차의 색상도 그레이다. 삼십여 년 동안 여섯 번 차를 바꾸면서 달라진 색이 고작 검정에서 회색이다. 빨강 셔츠에 비해 파격까진 아니어도 진일보한 것은 분명하다. 왜 유독 검정색을 고집했던가. 그것은 직업과 관련되었을 수도 있고 남성의 우월적 권위가 작동해서였을지도 모른다.

여동생이 차를 바꾸면서 색상에 대해 물었다. 나는 어떤 색을 맘에 두고 있는지 먼저 말해보라고 했다.

"빨강."

거침없는 대답으로 보아 이미 작심하고 있는 눈치였다.

"안 돼."

"왜?"

"눈에 띄는 색이잖아. 범죄의 표적이 될 수 있어. 물정 없이……."

빨강의 유혹, 그 부정적 이미지가 만들어낸 편견이지만, 현실을 무시할 수 없는 속마음이었다. 얼마 후 동생은 흰색 신형 프라이드를 타고 나타났다. 내심 놀라지 않을 수 없었다. 자주 먼지를 털어주고 관리해야 하는 색. 동생의 깔끔함을 짐작하게 했다.

군 훈련 때 벌이던 공방전을 떠올려보면, 빨강 대 파랑이 벌이는 색의 전쟁에서 이기는 쪽은 늘 파랑이었다. 쌍방으로 나뉜 훈련부대에 아군은 파란 띠를, 적군인 대항군은 빨간 띠를 철모에 둘러 식별했고, 아군인 청군의 승리로 끝나는 것은 예정된 시나리오였다.

혁명가들의 횡포를 연상하는 빨강에 비해 색의 상징성이 약한 파랑의 승리, 그것은 레드콤플렉스의 결과이다. 빨강은 붉은 혁명과 맞물리면서 사상과 이념을 덧씌워 색깔론을 낳았고, 종종 이성보다 감성을 선동하는 공세적 효과를 누렸다. 색깔을 이용해 색깔을 모독한 무례다.

아파트 단지 옆으로 고속화도로가 났다. 주민들은 거기서부터 마을까지 이르는 인터체인지를 만들어달라고 성토하기 시작했다. 농악대가 동원되고 붉은 띠까지 준비되었다. 내심 내키지 않은 차에 마침 한 사람이 나섰다. 우리의 의사를 알리는 것은 좋으나, 붉은 머리띠는 못하겠다는 의견이었다. 찬반 의사를 물은 결과 머리띠는 하지 않기로 했다. 붉은 색이 갖는 이미지, 그것도 머리띠가 주는 '투쟁'의 의미에서 벗어나고 싶은 때문이었다. 다행히 투쟁이나 반발의 행동을 보이지 않고도 좋은 결과를 얻어냈다.

인도의 커리를 소개하는 프로가 있었다. 강황의 짙은 노랑은 식감을 자극해서 TV를 시청하는 동안 입에서 커리 냄새가 나는 듯했다. 눈에 띄는 노랑, 맛있는 노랑이 단체가 될 때 특정계파의 상징이 되기도 한다. 안정과 번영을 가장 고귀하게 여겨 깨달은 자의 색으로 통하는 노랑이 갖는 또 다른 아이러니다.

색의 홍수 속에 살고 있다. 본연의 색깔을 왜곡하거나 훼손하는 색깔론은 멀리하지만, 매일매일 색으로 말하고 색깔을 느끼는 나는 여전히 색에 열광한다.

마지막 화장化粧

화장을 곱게 한 여인들을 보며 생각한다. 그들은 지금 꽃잎을 피워내고 있다고. 아침마다 정성들여 접은 오색의 꽃. 그러나 불편한 심기로 주름을 만들 꽃잎이다. 바람과 햇볕막이로 시들 꽃잎이다. 아름다운 것만 보고 싶을 두 꽃잎, 미소를 짓거나 밝게 웃고 싶을 테지만 밤이면 한 줌 휴지로 뒹굴 하루살이 꽃이다.

화장은, 옷을 갖춰 입듯 마지막으로 자신을 정돈하는 예의이다. 아름답게 보이고자 하는 끝없는 욕망이자 미의 상징, 오묘한 빛깔의 알 수 없는 마력임에는 틀림없다. 일종의 의식儀式으로서의 화장도 있다.

시신에 화장을 해주는 장례지도사의 기사를 접했다. 독특한 직업도 있구나 싶었다. 죽음은 슬픔이기도 하지만 근접 못할 두려움이라고 생각하는 내게, 주검을 정성들여 매만진다는 장례지도사는 경외감마저 불러왔다. 몇 해 전 상영되었던 영화의 홍보 영상이 어렴풋이 떠올랐다. 루게릭 병을 앓는 남편과 장례지도사 일을 하는 아내의 사랑 이야기를 담은 마지막 장면에서, 남편의 시신을 염하고 마지막으로 얼굴에 화장을 해주던 여주인공의 모습이 떠올랐다. 나는 기사를 읽으며 고인의 사연을 알고 있는 장례지도사가 된 듯 장면 하나하나에 상상을 덧입혔다.

'목격자를 찾습니다.'

어느 봄날, 눈처럼 흩날리는 꽃잎 사이로 현수막이 걸린다. 펄펄 뛰고 있는 현수막을 잡은 두 벚나무가 진정시키려 안간힘을 쓰지만, 팽팽한 긴장은 더욱 증폭되고 있다. 그 아래 백색 스프레이가 선혈 찐득했을 아스팔트에 며칠 전의 참상을 재생해 놓고 있다. 하지만 판독 불가능한 바코드. 읽을 수 없는 뺑소니의 여운 속으로 외마디 절규는 묻혀버리고 질주하던 속도는 한 여인의 생을 삼켜버렸다.

더 이상 꿈꿀 수 없는 잠. 삶이 걸어나간 저편, 미지의 세계에서도 첫인상은 중요하다고 고인에게 다가서는 특수 장례사. 낯선 편도여행에 대한 두려움은 걱정 말라고 고인을 경건하고 부드럽게 만지는 손길. 잠으로 봐야 지나온 한 생이 평안하다고 감긴 눈에 초승달 같은 속눈썹을 달아준다. 생각은 생각을 낳고, 사후는 생각할수록 골치가 아프다고 텅 비워낸 머리에 가발을 씌운다. 신음이 새어나간 입도 감쪽같이 원형으로 돌려주고 생의 뒤뜰을 냄새 맡고 숨쉴 뭉개진 코도 오뚝 살려낸다. 소음은 안락한 잠을 방해할 뿐이라며 달팽이관을 비워낸 귀는 머리카락으로 가리고 얼굴엔 우윳빛 분칠을 한다. 두 뺨에 발그스름 생기를 입히고 웃음은 필수, 빨갛게 웃는 입술을 그린다.

드디어 화장을 마쳤다. 구겨졌던 최후의 자존심이 펴졌다. 마지막 길을 아름답게 보내려는 마음으로 그 일을 한다는 장례사가 유가족을 위해, 그리고 고인에 대한 정갈한 예의로 손상된 주검에 해주는 마지막 화장이다. 삶과 죽음이 다르지 않다고, 이승의 삶이 어떠했든 마지막 길에서 누구든 외롭게 떠나서는 안 된다는 생각으로 정성을 다한다고 했다.

고인의 마지막 길을 정성스레 꾸며주는 화장술. 저승의 문을 아름답게 여는 또 하나의 숭고한 의식이었다.

그늘

두 쌍의 발바닥이 내려다본다. 네 개의 표정이다. 마음이 근질거린다. 돗자리에 누워 도란거리는 한 쌍의 남녀. 훅, 지난 시절이 뜨겁다. 마음의 빗장을 풀고 편히 누울 수 있는 것은 누구든 품어주는 넓은 그늘이 있기 때문, 겨우 자신만 들이는 양산과는 비교할 수 없다.

살갗에 따가운 침을 놓는 초가을 볕을 피해 소나무 숲에서 잠시 여유를 부려볼 참. 빌딩들은 저만큼 고개를 돌린 온전한 숲이다. 소나무 사이로 단풍나무가 또 한 켜를 이루어 촘촘히 그늘을 잇고 있다. 핏줄처럼 퍼져나간 잔가지들이 햇살에 반짝이는 수천 개의 이파리를 접붙이고 있다.

나무의 수직지향성은 상승욕구의 남성, 그늘의 수평지향성은 안정을 추구하는 여성이다. 수직과 수평의 조화라고나 할까. 나무가 몸피를 키우는 것은 모자란 수평, 그늘을 키우려는 것이다. 그늘의 넓이는 존재의 넓이이기 때문이다. 그러나 그늘을 확보하는 것은 치열한 인내를 거친다. 농부가 땀 흘려 농사를 짓듯, 나무가 일생 동안 짓는 것은 그늘이다. 자신을 위한 품삯을 챙기지 않는 게 인간과 다를 뿐이다.

그늘은 빛의 반작용으로 생긴 나무의 분신이기도 하지만 어쩌면 뿌리를 펼친 만큼 땅에서부터 지면으로 솟아오른 것일지도 모른다. 그늘의 모성적 존재성이 나무를 키우고 나무는 그늘을 확대재생산하는 합일의 조화 속에 숲은 번성하고 있는 것이리라. 숲이 무성해지는 것은 그늘의 기운이 나무를 힘껏 밀어올렸기 때문이다.

그늘은 소유를 주장하지 않는다. 제 영역을 따지며 경계를 긋지도 않고 성별이나 귀천을 따지지도 않는다. 누구든 머물다 가면 그것으로 만족한다. 그늘에서는 키 작은 양치식물이 서식하고 이끼와 벌레들과 달팽이와 지렁이 같은 연체동물이 찾아든다. 습기 머금은 그늘이 뿜어내는 향이 코끝을 간질이고, 바람에 실려오듯 작은 새들이 맑은 고음으로 숲을 흔드는 것도 그늘 덕이다.

나무는 죽어서도 그늘을 키운다. 식탁이 되어 공손히 양식을 받는다. 의자가 되어 생명을 앉힌다. 기둥이나 서까래로 보금자리를 꾸민다. 책으로 태어나 정신적 양식이 된다. 무한히 넓고 깊은 그늘은 결코 계량할 수 없다.

서툰 호기는 한때 그늘장사를 꿈꾸었다. 해변에 파라솔을 펼쳐 피서객을 호객했지만, 허가받지 않은 사춘기 욕심은 반나절만에 끝났다. 우리를 부리던 힘깨나 쓰던 동네 형은 어깨를 떨어뜨린 채 경찰서로 잡혀갔고 접힌 그늘만 어지럽게 남았다. 그늘은 아무나 팔 수 있는 것이 아니었다. 나는 서툰 우리를 이용한 그 형에 대한 원망보다 너그러이 타이르고 받아주지 못한 어른들의 비좁은 그늘이 야속했다.

산다는 것은 그늘을 키우는 것, 가꾸고 키우지 않으면 그늘은 한 뼘 제 발바닥도 벗어날 수 없다. 넓은 그늘에는 많은 사람이 모인다. 온기를 품은 그늘은 한순간에 만들어지지 않는다. 오랜 시간 결핍과 허기를 겪은 이는 그 고통을 알기에 다른 이들을 넓게 품는다. 그 그늘은 향기가 짙어 부르지 않아도 사람들이 모여든다.

나는 그늘에 빚진 사람이다. 낳고 키워준 부모와 가르침을 준 스승과 내가 속했던 조직의 어른들까지, 오랜 느티나무처럼 넉넉한 그늘이 되어준 분들을 미처 헤아리지 못했다. 그들은 자신의 그늘을 다 내어주고도 더 줄 것이 없나 살피던 분들이었다. 얼굴에 그늘을 드리우지 말라고 한다. 표정이 어두워지면 주변도 어두워진다. 그러나 사랑의 그늘은 넓을수록 좋다. 내 그늘의 크기는 얼마나 될까. 과연 몇 사람이나 품을 수 있을까. 겨우 혼자만 쉴 수 있는 그늘, 어두움에 밀려 사라질 그늘은 아닐까. 한평생 불어난 빚을 갚기는커녕, 적자를 면치 못하는 그늘 농사다.

연밭 소묘

먼 가로수 소실점이 숨긴 길처럼, 내가 보이질 않을 때가 있다. 사는 일 또한 재미없다 싶을 때도 있다. 그런 날이면 걸음은 자연스럽게 연밭으로 향한다.

올여름 유난히 뜨거웠던 마음이었다. 흙탕물처럼 흐려져 바닥이 보이지 않을 것도 같았다. 어느새 달라진 계절이 이곳까지 당도했을까, 만 평 연밭 길을 걷고 있으려니 흐린 마음 바닥이 조금씩 보이는 것도 같다.

연밭이 누런 빛으로 갈아입기 시작했다. 가을은 기도의 계절, 여름내 발갛게 밝힌 등을 거의 소등한 연밭은 온통 기도처로 변해 있다. 무엇이 저토록 간절할까. 연밥이 무거운 꽃대들이 고개를 숙이고 있다. 갈색으로 타들어가는 얼굴들. 밤낮으로 읊조리던 기도소리에 성대가 한껏 부어올랐을 연대. 죽으면 죽으리라, 모습마저 결연하다.

몇 발짝 더 가까이 연밭을 들여다본다. 관망하듯 바라본 모습과는 달리 그곳은 거대한 인간 세상이다. 가득 고인 신비 속으로 마음이 끌려들어간다. 내 안의 뜨거움도 조금씩 식어간다. 평화로움이 밀려온다.

"에, 에, 주민 여러분께 알려드립니다."

발음이 세련되지 못한 마을 이장의 가을 소식이 녹슨 마이크 닮은 연밥을 통해 흘러나온다. 어눌한 발성을 바로잡아주려는 듯 빈 꽃대에 앉은 고추잠자리가 꽁무니를 들썩거린다. 어느 대목에서 쉼표를 찍어야 하는지, 어느 대목을 강조해야 하는지 놓치지 않겠다는 듯 뙤록뙤록 눈망울을 굴린다. 보이는 나와 속에 숨은 나와의 갈등은 다 잊어버리라고, 땀 흘린 만큼 수확도 크리라고 가만히 들려주는 가을의 소리들. 여러 마이크의 소리가 잡음으로 들리기는커녕 한 채널, 한 마음으로 듣는 내 안이 고요해진다. 채 익지 않은 푸른 연밥은 우리 집 샤워기, 마침 가볍게 지나가는 비를 틀어 남은 미열에 쏴아, 들이붓는다.

샤워기는 한 줌 늦더위마저 지우고 비를 잠갔다. 연잎으로 튄 물방울들이 어느새 찾아든 성미 급한 햇살에 점 점 박힌 보석으로 반짝거린다. 이파리에 고인 물이 수정처럼 맑다. 수정 속에 들어앉은 농축된 쪽빛. 잠시 고개 들어 올려다본 하늘도 만 평이다.

이곳만큼 좋은 집터도 없다고, 왕거미가 집 한 채씩 지어놓았다. 이쪽 연대와 저쪽 연대가 기둥 역할을 하는지 밑줄을 긋듯 거미줄을 쳐놓았다. 그것도 불안한지 보와 도리와 종도리를 엮듯 몇 겹의 선을 왕복시켜놓았다. 공중에 마련해놓은 방사형 올가미. 단기 매매차익은 물론 특별한 전망을 프리미엄으로 얹어준다고 마이크를 빌려 소문을 냈을 것이다. 그 다디단 소문을 덥석 물은 하루살이들이 순식간에 모여들었을 것이다. 연대와 연대 사이 한 겹 한 겹 하늘을 옥죈 포위망. 단숨에 공중으로 뛰어오르려는 야망이다. 낚아챈 거미집을 보며 어느 가장의 사연을 오버랩한다.

불길함 한 무리가 먹구름처럼 몰려오던 그날, 크레인은 멎고 하늘은 깜깜하게 무너져 내렸다. 그날 신문 하단에는 건축조합장의 사기사건이 실렸다고 했다. 그동안 고생한 것 다 잊고 떵떵거리며 살겠다고 개미손들이 모은 돈으로 지은 집. 그러나 공중에 박은 무수한 못은 금세 녹이 슬었고 욕망은 끝내 기둥을 세우지 못했다고 그는 말했다.

저 거미집이 그렇다. 바람 한 줄 스치기만 해도 위태로워 보인다. 그러나 거미의 입장에서 보면 단단히 욕망을 뻗은 집이다. 줄에 걸린 하루살이들은 이미 목숨이 끊겼는지 미동도 없다. 뒷면으로 돌아가 살펴본다. 거미는 집 중앙에 거꾸로 매달린 채 부지런히 입만 움직이고 있다. 하루살이의 입장에서 보면 거미집은 욕망의 덫이지만, 거미는 저 집을 짓기까지 여름내 얼마나 많은 공을 들였을까.

저만치 앞서가는 이가 있는가 하면 걱정을 있는 대로 들여놓는 늦된 이도 있다. 늦어도 다 제 걸음 찾아간다는 어른들의 말을 이제야 믿는다. 여기 연밭에도 늦된 걸음이 있다. 다른 연대들은 누렇게 연밥을 매달았는데, 때늦게 꽃을 피웠다가 이제야 꽃잎을 떨군다. 푸른 보료 같은 연잎이 받치고 있는 두 장 꽃잎은 미처 여름을 따라가지 못한 고무신 두 짝이다. 아버지 눈을 뜨게 하려고 인당수에 몸을 던진 심청이의 것일까. 차마 떨어지지 않던 걸음이 자꾸만 뒤돌아보는 듯하다.

연밥에서 떨어진 연자들은 컴컴한 진흙탕에 묻힐 것이다. 화사한 웃음을 꽃피우고 벌나비를 유혹했던 열정의 시간은 모두 지금을 위해 애쓴 순간들. 오로지 썩기 위한, 그래서 다시 태어나기 위한 과정이었을 것이다. 고요한 연밭, 오락이 없고 특별한 소리도 없어 재미라곤 하나도 없을 것 같은 곳. 그러나 귀 기울이면 들리는 소리가 있다. 가만 들여다보면 보이는 세상이 있다. 숭숭 뚫린 연밥의 구멍으로 우리들 한 생이 조용히, 그리고 천천히 흐르고 있다.

그림자 액자

어떤 풍경이 가을 벽에 오롯이 걸려 있을까.

강변 산책로와 자전거 길이 조성되어 있는 '물의 정원'을 향한다. 호수이듯 늪이듯, 멀리 운길산이 한 아름 품고 있는 정원엔 올망졸망한 꽃들이 주변을 지키고, 나비와 벌과 온갖 풀벌레소리를 불러들일 것이다. 나무 그늘 밑 벤치는 반가운 벗을 기다리듯 나를 기다리고 있겠지.

시선을 넓히면 흐릿한 낙타 등 같은 완만한 산이 제 얼굴을 말간 수면에 비춰보는 북한강. 보이지 않는 물갈퀴로 고요한 수면에 길을 내고 있는 물새들이 보인다. 조용하던 물살이 잠시 흔들렸다가 잠잠해진다.

물의 정원을 자주 찾는 데는 이유가 있다. 그곳엔 내가 좋아하는 액자가 걸려 있기 때문이다. 이름 하여 '내 마음대로 액자'. 언제부턴가 나는 그렇게 부르기로 했다. 정원 한편에 조성해놓은 조형물은 사각의 테두리만 있을 뿐 액자 속 그림은 내 마음대로 넣을 수 있기 때문이다. 바닥에 단을 놓고 그 위에 세운 액자이지만, 나는 허공이라는 벽에 어느 솜씨 좋은 손이 계절마다 바람이며 햇살의 대못을 박고 풍경을 걸어놓았다는 상상을 한다. 어른이 양팔을 벌렸을 만큼의 가로 길이와 초동의 키만 한 세로 높이의 액자, 그림은 계절과 시간과 날씨에 따라 달라진다.

가을볕이 좋은 오늘은 윤슬 빛나는 강이 액자에 담겨 있다. 검푸른 산이 물살에 떠밀리지 않겠다는 듯 강을 지그시 누르고 있다. '이거야, 이것만'이라며 고집하지 않는 액자. 무릎을 조금 구부리면 강물 위에 묵직한 산이 얹히고 좀 더 굽히면 높고 투명한 가을하늘이 들어온다.

화룡점정, 빨간 잠자리가 액자 안으로 들어온다. 어느 쪽으로 방향을 돌려도 명작이다. 영화감독이 마음먹기에 따라 카메라 앵글을 돌리듯, 전경前景이 지루하다 싶으면 방향을 바꾸면 된다. 첩첩산중의 후경後景, 그 아래 마을 풍경을 담으면 지붕 위에 얹힌 늙은 호박에 마음이 넉넉해진다. 산중턱 살포시 고개를 내밀고 있는 천년고찰 수종사에 앵글을 맞추면 쟁그렁 쟁그렁 풍경 소리가 네모난 틀을 열고 들어온다.

열차가 강에 제 그림자를 떨구며 산허리에 주욱 밑줄을 긋는다. 액자 속으로 들어온 열차를 타고 어딘가로 무작정 떠나고 싶다. 마음이 가는 대로 얼마든지 풍경을 넣을 수 있는 액자는 오래도록 바라보아도 싫증나지 않는다. 그림을 그리는 화가는 자연, 이곳에서 나는 자연이 만들어내는 오묘함과 신비로움을 즐긴다.

모든 것은 다 제자리가 있다. 하늘과 산과 땅, 억새와 갈대, 길과 다리. 눈에 들어오는 모든 대상들은 필요한 자리에 필요한 만큼의 간격으로 함께 존재한다. 그것을 나보다 먼저 알고 있다는 듯 오래도록 묵묵히 그곳을 지키는 것들은 거부감이 없다. 잘난 체하거나 도드라진 행동을 하지 않기 때문이다.

가을볕을 받은 정원 한쪽에 또 다른 액자를 만들어놓는 오후 3시. 액자가 바닥에 내려놓은 제 분신은 마름모꼴, 시간마다 달라지는 '그림자 액자'다. 오전과 정오, 그리고 오후 내내 제 그림자를 바꾸거나 크기를 조절하는 그 속으로 들어가 나도 풍경이 되어보는 건 어떨까.

운길산을 막 넘어가려는 긴 햇살에 내 그림자는 장방형이다. 이 순간만은 내가 주인공이다. 그림자는 실제의 나보다 훨씬 커졌다. 어린 시절 등잔불 주위에 모여 앉으면 벽에 복사된 그림자는 마술처럼 크기가 달라졌다. 표정은 지워졌지만, 낄낄거리는 소리만으로도 그림자의 기분을 헤아릴 수 있었다. 우리는 서로의 어깨를 모아 까르르 웃음을 짓곤 했다. 오늘은 저 혼자인 그림자가 외롭다. 누가 곁에 있기라도 한다면……. 아쉬운 마음에 마음속 한 사람을 그 안에 세운다. 포개어 둘이 하나가 되고 떨어져 다시 둘이 되는 그림자. 어스름도 지나고 나면 액자는 어둠만 가득 담고 있을 것이다. 그림자를 데리고 노는 동안 조금은 쓸쓸했던 생각도 어느덧 사라진다.

물의 정원을 서성거리면 하루에도 몇 번씩 거쳐가는 마음의 파동도, 울컥 솟아오르던 모난 감정도 고요한 강물처럼 차분히 가라앉는다. 시끌벅적한 세상을 벗어난 시간, 복잡하고 피곤했던 생각들을 말끔히 비워낸다. 공중을 맴도는 물잠자리처럼, 파드득 날고 있는 한 무리의 작은 새처럼, 정원의 일부가 된 내가 한껏 가볍다.

그러고 보니, 정원이 품고 있는 늪도 그림자 액자다. 보이는 그대로가 아닌, 물살로 흐려놓은 수채水彩. 그래서 더욱 신비로운 풍경이다. 나는 방향을 틀어 액자에 강을 담아본다. 강물에 이끌려온 풍경들이 화폭 가득 들어앉는다. 때마침 일렬로 꼬리를 문 자전거 행렬이 지나간다. 가볍게 마음으로 밟아보는 페달. 풍경이 흔들리는 액자 속, 거꾸로 강을 달리는 자전거 실루엣이 경쾌하다.

4

나는 안다. 충전을 마친 아침이면 그가 변함없이 나를 고른다는 것을. 그리고 신발끈을 조여매듯 또다시 가장의 책임이 내게 묶여 세상으로 나갈 것이다. 내일의 기상도가 어떻게 변할지 모르지만 난 개의치 않을 작정이다. 그는 여전히 내게 목을 맡길 것이고 나도 여전히 그의 존재를 드러내는 기분, 넥타이니까.

- Y의 하루
- 북어에 대한 묵념
- 착한 소가 웃는다
- 오빠 전성시대
- 여섯 줄의 힘
- 서촌의 시간은 느리다
- 블루
- 클로즈업
- 새콤달콤한 관계들
- 덤의 자서전

Y의 하루

그가 오늘의 기분을 고른다. 기분은 Y 혹은 *y*. 바로 나다.

내 존재감은 목에 감기는 그 순간부터다. 엄숙할 때의 나는 Y, 바람에 날리듯 경쾌한 기분의 나는 *y*라서 때때로 달라지는 그의 감정을 살핀다.

옷장에는 서른 남짓한 내 동료들이 있다. 신입 몇을 제외하면 대부분 한물갔다. 오래된 친구들을 그가 선뜻 내치지 못하는 것은 그날그날 기분과 분위기에 맞는 구색을 맞추기 위함이다. 그는 오늘 빨간 바탕의 흰 점박이 나를 골랐다. 가장 무난한 선택이다. 어제의 한랭전선을 밀어내고 맑은 고기압을 회복하겠다는 의지의 표현이다.

어제는 며칠 동안 시장조사를 하고 통계를 내어 작성한 보고서가 퇴짜를 맞은 날. 보고서를 훑던 상사가 그의 머리 위로 비행접시를 날렸다. 핏발선 상사의 목에 묶인 기분만큼 그의 기분도 있는 대로 구겨졌다. 생각 같아서는 상사의 기분을 확 졸라매고 싶었지만 행동은 고분고분, 대답은 예스였다. 그의 목울대에서 꿀꺽하는 소리가 내 방향키를 타고 배꼽까지 내려왔다. 비굴을 위장한 순종, 어깨에 힘이 빠져나간 그의 얼굴이 창백했다. 나를 확 잡아당기는 거친 손. 그러나 그뿐, 그는 아무런 반박도 내뱉지 않았다. 그의 붉으락푸르락하는 얼굴을 긴장된 눈으로 바라보는 것은 내 고역이다. 이럴 때 나는 섣부른 감정이 폭발하지 않도록 그를 더욱 조일 수밖에 없다. 그가 양복윗저고리 안쪽에 넣고 다니는 마지막 패, 사표를 던지지 않은 것도 그 때문이다. 나를 쉽게 벗어 팽개친 K과장은 어느 골목 포장마차 주인이 되었다고 하고, H차장은 아직도 전전긍긍이라는 동료의 말을 상기하면서 그는 나를 더 바짝 추켜올릴 뿐이었다.

서류뭉치와 씨름하고 전화기에 매달려 목청을 높일 때면 목을 잠시 느슨하게 풀고 싶지만 긴장을 푸는 것은 금기사항. 그는 오히려 내가 얌전히 자리를 지키고 있는지 확인하려는 듯 나를 습관적으로 만지곤 한다. 그가 잠시 숨을 고르는 때는 점심시간이다. 빌딩 숲을 빠져나온 군상들 속에 허기는 또 다른 한 끼를 위해 골목으로 들어간다.

자판기 커피로 식곤증을 잠재운다. 내 매듭을 늦추어놓은 만큼 허리띠도 느슨하게 늘여놓고 농담을 불러오거나 멀리 산을 둘러보기도 한다. 옥상에서의 자투리 시간은 낮잠만큼이나 달콤하다. 버릇처럼 고층 빌딩의 층수를 세어보다가 문득 승진을 꿈꾸기도 하는 하루의 허리에 해당하는 시간, 남은 오후를 버티기 위한 긴 호흡은 필수다. 온몸에 고루 충전을 마치고서야 그토록 목줄을 거머쥐던 의자에 낙관주의자로 가장한 엉덩이를 붙인다.

오늘도 결재서류가 한몫을 더 보탠 날이다. 보고서가 무사통과 되는 것이 과원들에게 줄 수 있는 대가이고 보상이지만 통과는커녕, 이곳저곳에 잔뜩 혹을 붙여 나왔다. 눈치를 보는 일이 어디 윗사람뿐이겠는가. 꼬인 매듭은 그날로 풀어야 한다. 샌드위치맨이 된 그가 골목 단골집으로 파고든다. 꼬리를 물고 이어진 물뱀을 닮은 y들이 그의 뒤를 따른다. 아침의 근엄함과 한낮의 비굴함을 던져버린 목 풀린 나도 독기 빠진 그를 안내한다. 서로 울뚝불뚝한 욕설과 이유도 모를 화풀이를 술에 섞어 마시고 나면 2차에서 3차로 분위기를 갈아탄다. 이때쯤 나는 폭탄주에 벌겋게 달아오른 그의 머리에 질끈 매인 열두 발 상모가 되기도 하고, 또 때론 그의 손놀림에 놀아나는 소리 없는 색소폰이 되기도 한다.

썰물처럼 사람들이 빠져나간 도시에서 우리는 한 종족, 야행성 방울뱀이 되어간다. 이성을 마비시키는 조명 아래 억눌린 노래를 다 토해낸 그가 S자 물결 모양으로 거리로 나선다. 도시에서는 직선보행보다 사선으로 걷는 것이 상책이라는 것쯤은 터득한 그다. 자신의 존재를 과시하려는 신경질적인 오토바이 경적이 후렴처럼 들리고 도시가 침묵 속으로 가라앉는 자정을 넘긴 거리. 그들은 파김치가 된 노예처럼 우리들에 이끌려 뿔뿔이 흩어진다.

이제 내 역할은 그의 하루가 돌아갈 안식처로 안내하는 일이다. 단전에 남아 있던 비상용 전류마저 다 소진한 그의 배터리를 충전소의 연결 잭에 끼워야 한다. 그를 비웃듯 낄낄거리던 엘리베이터 문이 열리자 그가 꼿꼿해졌다. 흔들리던 가장의 자존심을 일으켜 세운 것이다. 안과 바깥이 마주치는 현관에서 승전을 알리는 로마의 병사처럼 소리친다.

"무사 귀환했노라!"

나의 하루도 구겨진 채 쓰러진다. 고통, 억압, 분노 따위는 어두움이 다 삼켜버리겠지. 낡은 충전기 속에서 무릎을 가슴까지 끌어올린 그 마저도.

이제 그를 올가미에서 풀어줄 차례, 나는 늘 그랬던 것처럼 내 시침에 분침을 얌전히 포개어 벽장 안 침실로 파고든다. 그의 잠꼬대는 안주 접시에 올려놓았던 상사를 씹는 소리이거나, 낮에 헤아리다 포기한 고층 빌딩의 층수를 마저 세고 있는 것이리라. 바깥세상이 궁금한 귀들이 어둠속으로 몰려들지만 오늘은 말하고 싶지 않아 굳게 입을 닫아버린다.

나는 안다. 충전을 마친 아침이면 그가 변함없이 나를 고른다는 것을. 그리고 신발 끈을 조여매듯 또다시 가장의 책임이 내게 묶여 세상으로 나갈 것이다. 내일의 기상도가 어떻게 변할지 모르지만 난 개의치 않을 작정이다. 그는 여전히 내게 목을 맡길 것이고 나도 여전히 그의 존재를 드러내는 기분, 넥타이니까.

북어에 대한 묵념

귀에 쏙쏙 박힌다. 유쾌하고 익살스러운 노랫말에 아침에 뜬 북엇국이 따끈따끈 입맛을 쏘아올린다. 가사처럼, "피가 되고 살이 되고 약이 되고 안주가 되는" 명태다. 강산에의 노래가 울려퍼진 평양의 극장. 표정 없던 얼굴 몇에도 미소가 스친다. 경계 없는 바다, 명태가 마음을 여는 데 한몫 단단히 하고 있다.

함경도 명천明川에서 태太 씨 성을 가진 사람이 잡았다 하여 이름 지은 명태다. 열 개도 넘는 개명改名은 유명세라기보다 검은 물살을 헤쳐나온 뒤 겪어야만 하는 시련이다. 추위에 얼었다가 녹았다가 혹독함을 껴입은 뒤에야 얻은 이름 황태는 귀족이다. 냉동시킨 동태, 생물인 생태, 반 건조한 코다리, 내장을 모두 비워 말린 북어. 저를 잊은 뒤에야 얻어지는 신분이다.

검푸른 바다를 떼 지어 가르던 명태가 덕장에 매달린다. 한

치라도 미련을 남기면 안 되지, 내장이 털리고 수분이 다 빠져나간다. 속 없는 그는 더 이상 명태가 아니다. 환골탈태라지만, 개명 허가도 받지 않고 말라 비틀린 북어는 할 말 많았던 입을 크게 벌리고 눈을 부릅뜬 채 꼬챙이에 꿰인다. 인격권이나 행복추구권은 애초에 없어 보인다. 북어는 살이 굳어 뼈가 되는 고통의 이름값이다.

"내가 명태였지, 명태였지……."

쓰린 속을 달래주는 해장국 한 그릇으로 거듭날 때, 먼 바다의 이름 명태를 추억한다. 북엇국은 두들겨 맞고 찢긴 명태의 단단한 사상을 여과 없이 풀어놓는다. 누가 그 단단한 몸에서 그리 구수하고 뒷맛까지 개운한 해장을 줄 수 있는가. 침묵 속 고이 간직했던 생각을 맛깔나게 풀어놓을 수 있는가.

청명한 소리로 일깨워주는 법당 처마의 풍경風磬은 잘 때도 눈을 감지 않는 물고기처럼 깨어 있으라는 뜻이다. 명주실에 묶여 출입문에 매달린 북어는 어떤가. 가볍디가벼워진 몸은 비록 바람에 스치는 소리를 내지 못하지만 보초병처럼 눈을 뜬 채 집안을 경계한다.

"빌어먹을 놈들……."

석회처럼 미라처럼 굳어가며 북어는 세상을 원망했을까. 나의 뜻과 다르다고, 이 탁한 급류를 어서 벗어나고 싶다고. 그러나 운명을 어쩔 수 없다고 자학했을까. "운명이다"라며 모든 책임을 껴안고 홀로 떠난 이와, "내 탓이 아니다"라며 세상에 책임을 떠넘긴 이. 다 용서하고 수호신으로 부활한 북어는 운명을 원망하지 않고 상실에 대한 저항과 공포도 없던 내가 아는 그 사람과 닮았다.

내장과 아가미는 젓갈로, 머리는 육수로, 껍데기는 튀김으로, 머리에서 꼬리까지 다 내준 보살. 손 없는 날, 신차를 출고한 차주는 자동차 위에 북어를 올려놓고 넙죽 절을 올린다. 네 바퀴에 막걸리를 부으며 무사고를 빈다. 또한 개업 때 부자 되게 해달라고, 자손들에게 복을 달라고 고사를 지낼 때 북어는 빠질 수 없다. 미신이라고 치부할 수 없는 민간신앙. 출입할 때마다 문지방이 닳도록 간절한 소망을 올리는 것은 소박한 기도다. 머리가 아니라 가슴이 시키는 대로 하는 일상의 간구다. 예수가 없는 교회, 부처가 없는 사찰의 신도처럼, 오늘날 그저 종교의 노예가 된 자들보다 얼마나 경건하고 겸손한가.

죽어 얻은 이름, 북어. 나는 북어에게서 어느 먼 시대를 살다 간 이들을 떠올린다. 그들의 이름은 다 기억하지 못해도, 훗날에야 기억되는 길이다. 죽은 뒤에야 진가를 알아본 이들에게서 불리는 명예. 그들은 모두 한 마리의 북어처럼 살다갔다. 말 대신 행동으로 앞장선 선구자다.

두드려 패야 제 맛이라는 속된 농담도 북어를 폄훼한 말. 할 말 삭이고 인내하고 단단히 굳어간 그 속에 우리가 모르는 지혜와 사상이 가득 들어 있다는 걸 아는가. 한 그릇의 북엇국에 숙연해지는 이유다.

착한 소가 웃는다

선한 웃음에 끌려 문을 열고 들어간다.

"설렁탕 하나!"

채 일 분도 안 되어 펄펄 끓는 뚝배기가 식탁에 놓인다. 시장기가 훈기를 맡는 동안 성급한 손은 국물부터 한술 뜬다. 종일 고갈된 나를 보충해줄 반가운 기별이 짜르르 속을 훑고 내려간다. 고기 없은 한술을 더 뜰 때, 이랴, 농부의 채근을 따라 무논을 설렁설렁 걸어가는 소.

다급한 목소리가 단잠을 깨운 그 새벽, 산기産氣가 있다는 기별을 들은 할아버지는 부리나케 외양간에 등불을 걸었다. 가마솥에 물을 끓이고 장정들이 분주히 오가는 동안 쪼그려 앉은 나는 신기한 광경을 놓치지 않으려고 졸린 눈을 비볐다.

산통을 하는 어미 발치로 툭, 떨어진 뭉치. 미끌미끌한 태막에 쌓인 그것을 보는 순간, 순산했다는 안도감과 생명을 받아낸 기쁨이 뒤섞였다. 환호성 속에 어미 소는 송아지를 핥고 있었다. 비칠비칠 다리를 세운 송아지를 보며 또 한번 기쁨이 쏟아졌다. 새끼를 보듬는 어미의 눈빛은 따스했다.

어미젖으로 몸을 키우며 풀 뜯는 법과 여물 먹는 법을 익힌 송아지는 보물이었다. 선한 눈망울은 온 세상이 모두 제 것이라는 듯 호기심을 담고 있었다. 못된 송아지는 엉덩이에 뿔이 난다는데, 녀석은 엉덩이 뿔보다 제 뿔이 먼저 날 것 같았다.

할아버지는 어미 소와 송아지를 데리고 우시장 나들이를 가셨다. 그러나 장날의 해거름을 따라 돌아온 소는 어미뿐이었다. 제 새끼를 잃은 어미의 눈빛이 슬펐다. 터벅터벅 어스름을 딛고 있었다. 어느 집 일소로 팔려갔다는 송아지. 아마도 코뚜레가 뚫린 채 새로운 주인과 호흡을 맞추고 있을 것이었다.

어차피 인간을 위한 가축의 운명, 굳이 그들의 생을 복잡하게 논할 필요는 없다 할 수도 있다. 그러나 커피 한 잔에 값싼 아프리카 노동의 슬픔이 찰랑거리듯, 내가 먹는 설렁탕 한 그릇엔 도축장으로 향하던 눈물이 고여 있다.

센 불과 은근한 불로 끓여낸 설렁탕엔, 봄날의 쟁기질과 여름날의 되새김질과 가을걷이를 돕던 걸음이 있다. 여물 먹던 겨울날이 고스란히 들어 있다. 일생을 바친 뼈마디들과 살이 나를 받쳐준다. 내가 잔머리를 굴려 어떻게 하면 이득을 챙길까 궁리할 동안, 소는 온전히 어린 날과 어른이 된 날을 기억하며 제 머리를 내어준 것이다. 세 치 혀가 남의 흉을 즐기고 하루의 달콤함에 깃들어 있을 때 한 시절을 핥던 제 혀를 내게 주고 있는 것이다. 나의 두 귀가 솔깃함에 팔랑거릴 때, 소귀에 경 읽기면 어떠냐고 온갖 소문을 닫은 두 귀를 준다. 그 귀는 여름날 귀찮게 달라붙던 쇠파리를 쫓느라 신경을 모았을 것이다. 여전히 훈기가 도는 탕 한 그릇. 컵라면처럼 조급증과 간편함에 길들여진 맛이 아니다.

대문짝만한 간판의 '착한 한우'는 그저 가격이 적당한 우리 소가 아니다. 자신의 전부를 내어준 착한 소다. 밥을 말아 술술 입으로 떠넣을 때, 이른 봄의 쟁기질이 들녘을 깨우듯 잠시 주저앉은 나의 시간이 활기를 되찾는다. 봄날의 하품을 걷어낸 논에는 저벅저벅 발자국이 찍히고, 걸음을 재촉하는 농부의 음성이 들린다. 여름날의 파리를 쫓던 꼬리의 힘은 느낄 수 없지만, 풀만 먹고도 살이 찐다는 유유자적이 내 입안에 고인다. 별을 등에 지고 돌아가는 고단함에도, 여물을 앞에 둔 외양간 속 온기 한 겹 껴입는다.

건초와 마른 볏짚을 썰고, 콩깍지와 쌀겨나 콩을 섞어 푹 끓여낸 쇠죽은 겨울날 소의 특별식이다. 어른들은 이른 아침 쇠죽을 먼저 끓이고 무럭무럭 오르는 김을 만끽하는 소를 보고서야 아침상을 차렸다. 그때의 만족이 왔는지 어느 정도 배를 채운 뒤 휘이 둘러보는 눈길이 구수해진다.

한 순갈에 고작 5그램이나 담을 수 있을까. 그러나 그것은 핏물을 우려내 푹 고아낸 진국. 쇠붙이를 담금질해서 연장을 만들듯, 설렁탕도 오랜 시간 불의 세기를 조절하며 뼈와 살을 고아내는 수고로 만들어진다. 수많은 순가락질에 어느덧 뚝배기는 바닥을 드러내고 주린 배는 든든히 채워진다. 가죽과 내장을 들어낸 소가 나를 위해 희생한 것. 쉴 새 없이 욕심을 떠먹으면서도 나를 반추하지 못하는 한 개의 밥통이 이토록 거대할 줄이야.

우려내고 또 우려내도, 쥐어짜고 또 쥐어짜도 한 줌 생각이 고일까말까 하는 나는 누구의 주린 가슴을 덥혀줄까. 누구의 허기진 생각을 채워줄 수 있을까. 제 가죽마저 든든한 신발로 벗어주고 간 소. 한 움큼 지식을 보태줄 책가방을 내 손에 들려 준 소인데.

오빠 전성시대

"나를 뭐라고 부를 거예요?"

K는 어색한 듯 막 짝이 된 출연자에게 물었다.

"오빠~."

거침없는 그녀의 대답에 K의 입꼬리가 한껏 올라갔다. 으쓱해지는 그의 어깨를 보는 순간, 묘한 전율을 느꼈다. 그것을 시작으로 전 남성 출연자들의 호칭은 자연스럽게 오빠가 되었다. 아저씨로 불릴 법한 50대 언저리를 젊게 바꾸어버린 비음 섞인 호칭, 오빠가 나를 부추기고, 급기야 함께 TV를 보고 있던 아내를 채근하기에 이르렀다.

"오빠라 한번 불러볼래요?"

"싫어요, 오빤 무슨……."

아내는 별스럽다는 듯 나를 올려다볼 뿐이었다. 이미 굳을

대로 굳은 '여보'와 '당신' 사이에 '오빠'가 끼어들 틈은 없어 보였다.

왜 오빠라 부르기를 좋아할까.

남녀 성 차이의 이분법이 흐려지고 그 영역 분리가 급격히 해체되는 요즘, 남성을 의지해야 할 대상으로 본다는 것은 분명 아이러니하다. 그러나 친 오빠처럼 보호해주고 감싸주는 존재로 생각한다는 의미에 아빠처럼 믿는다는 암시까지, 사랑받는 귀여운 존재이면서 동시에 가냘픈 존재가 되어 남성의 보호본능을 발휘하게 하는 오빠다. 아이까지 딸린 부인이 남편을 오빠라 부르는 것도 그런 의도에서 나온 것이리라. 심리적 안정감을 높여주는 오빠, 여기에 애교까지 곁들이면 사랑스런 느낌마저 드니 '오빠'에 무너지지 않을 남자가 어디 있을까 싶다.

왜 오빠라 불리기를 좋아할까.

한 여자가 자기를 오빠처럼 따른다니, 그런 신뢰가 어찌 반갑지 않겠는가. 응석도 받아주고 아량을 베푸는 진짜 오라버니라도 된 기분은 당장 무언가를 해줘야 할 책임감마저 들게 할 것이다. 아무리 약한 남자라도 한 여자의 보호자가 되고 싶어질 것이 틀림없다. 그러니 요즘 한창 잘 나가는 걸그룹 멤버 중 누군가 코맹맹이 소리로 "오~빠~" 부르면, "미쳤어? 내가 왜 네 오빠야?" 정색을 하며 거부감을 드러낼 남자는 없을 것이다.

"언젠가 산 같은 남자와 다시 오고 싶어, 오빠."

지리산 둘레길을 함께 걷던 여성 출연자의 말에,

"그래? 내가 산이야, 지리산."

K가 화답했다.

"오빠가 산이에요?"

그녀는 지리산처럼 든든한 남자라도 만난 듯 표정이 환해졌다.

모든 존재에는 호칭이 따른다. 어떻게 부르고 불리느냐에 따라 느낌은 사뭇 달라진다. 이름이 자신뿐 아니라 존재의 의미를 드러내는 것이라면, 호칭은 관계에 무게를 두는 것. 부르기 쉽고 정감 있다면 족할 뿐 굳이 다른 색깔을 덧입힐 필요는 없다. 그러나 오빠는 나보다 한 살이라도 많은 친한 남자에 대한 호칭이면서 동시에 그 이상의 의미가 내포되어 있다. 혈육관계 이상으로 사회성 짙은 호칭이다. 이성적인 경직성보다 자상함, 부드러움, 성적 매력까지 강조된 감성적인 시대상의 반영이다.

자신보다 나이 많은 상대를 '누나'라 부르며 성적 수세를 즐기는 남자들도 있다. 사실, 따지자면 오빠보다 누나가 원조다. 아버지와 할아버지 세대에서는 신부가 신랑보다 나이가 많은 것이 흠이 아니었다. 평균 수명이 짧아 조혼을 하던 풍습에서 비롯된 10대 후반의 여자와 10대 초반의 남자가 결혼하는 것은 예사로운 일이었다. 빨리 핏줄을 잇고 싶은 욕구에, 일손을 늘리는 수단이었거나 입 하나 덜려는 당시의 사회상이 반영된 결과였다. 첫날밤 신방을 엿보던 장난도 성적 상식이 부족한 어린 신랑을 염려해서였을 것이다.

이렇듯 '누나'는 잠재된 모성애를 발휘해 뭔가를 해줘야 할 의무감 같은 것을 느끼게 하고, 남자에게는 포근한 사랑을 받고 싶은 심리가 깔려 있다. 하지만 누나는 연애할 때의 감정일 뿐, 결혼을 하고 나면 달라진다. 여자 쪽에서 보면 남자보다 연상이란 사실이 좋을 리 없고, 남자 역시 가부장적 권위를 격하시키는 호칭이 내키지 않기 때문이다. 누나라는 호칭은 결혼과 동시에 폐기처분되고 만다. 그러나 오빠는 상당 기간 지속된다. 결혼해서도 연애감정을 이어가려는 속내가 깔려 있기 때문이다. 굳이 비교 우위를 따진다면 '누나'가 '오빠'의 대세를 당할 수는 없을 것 같다.

오빠가 넘쳐나는 시대다. 근친의 오빠, 친구의 오빠, 사랑하는 오빠, 남편이라는 오빠, 콘서트장에서 괴성으로 불러대는 오빠까지, 오빠 전성시대다. 걱정하는 목소리도 있다. 남매를 낳은 부부가 남편을 오빠라 부르고, 딸애가 지 오빠를 오빠라 부를 때 관계가 뒤죽박죽이라고 그렇다. 그러나 지레 걱정할 필요는 없다. 애기를 낳는 순간부터 오빠는 자연스레 '아빠'에게 밀려나고 말 테니까.

다만 동요처럼, 비단구두 사가지고 오는 오빠만 있는 게 아니니 염려스럽다. '오빠 한번 믿어봐', 노랫말처럼 믿을 수 있는 오빠가 많으면 얼마나 좋을까. 다정한 오빠 속에 숨은 검은 늑대가 두려울 뿐이다.

여섯 줄의 힘

수줍은 골방은 괜찮은 은신처였다. 방황의 한 모퉁이쯤 돌던 중학생이던 나는 아무도 몰래 그곳을 드나들었다. 그러나 그곳의 주인인 할아버지가 출타하신 동안만이어서 시간은 늘 빠듯하게 흘러갔다.

잉크 얼룩진 앉은뱅이책상 옆, 할아버지의 노동으로 채워놓은 큰 쌀독이 헛기침으로 내려다보는 그곳엔 호기심을 채워줄 물건들이 가득했다. 이미 대처로 나간 당숙의 손때 묻은 물건들은 오랜만에 저들에게 주는 시선이 반가웠는지 눈을 반짝거리며 바라봤다. 어려운 제목의 책들은 쿰쿰한 냄새를 풍기고, 당숙의 발 크기를 기억하는 스케이트는 낡은 시간의 빙판을 기억하는 듯 표정이 지극했다. 나는 주인인 양 책을 펼쳐 도무지 모를 문장을 읽어내려 갔다. 『데카메론』이나 『데미안』을 만난 것도 그 덕이었다. 스케이트를 신고 돗자리를 빙판삼아 어설픈 동작도 취해보았다.

첫눈에 나를 사로잡은 것은 기타였다. 흙벽에 기댄 그것은 기억 하나 잃어버리듯 줄 하나가 끊겨 있었다. 언제쯤 주인이 돌아와 제 잃어버린 소리를 찾아줄까 기다리는 듯했다. 이미 방황을 접고 서울로 가버린 당숙은 기타를 잊은 지 오래였고, 할아버지는 그저 자식의 안부만 궁금할 뿐이었다.

외로움의 동병상련, 기타와 눈이 맞았다. 아무런 주저함도 없이 기타는 자연스럽게 내게 몸을 맡겼다. 한 가닥 잃어버린 소리는 못내 서운하고 아쉬웠다. 끊어진 줄은 육남매 중 중간 서열인 나와 같은 처지였다. 나이 많은 형들이나 누이들과는 속내를 나눌 수 없었던 나와 닮아 있었다. 세상에 냅다 소리를 지르고 싶었던 참에 나는 기타와 잘 어울렸다. 줄을 퉁길 때마다 길게 돌아나오던 공명共鳴. 그 소리에 실려 알지 못할 먼 곳을 헤매곤 했다. 그럴 때면 외로움을 잊을 수 있었다.

출가한 형들이 어쩌다 집에 내려오면 긴장을 떨쳐버릴 수 없었다. 성적표를 보여줘야 하는 것은 필수, 머리통으로 형님들의 꿀밤이 날아들었다. 영어며 수학 문제를 불쑥 내주고는 답을 채근하는 통에 주눅이 들었던 나는 끊어진 기타 줄처럼 침묵해야만 했다. 장에 나간 어머니는 저녁이 이슥해야 돌아오시기에 누님들과 어울려 놀았다. 그러나 지독한 외로움이 몰려온 사춘기는 스스로 만든 제 방에 갇혀 있기를 좋아하는지 누님들과의 놀이도 그만 시들해졌다.

기타를 집으로 몰래 가져왔다. 할아버지나 당숙의 허락이 있었던 것도 아니었지만, 암묵적으로 그것의 주인은 나였다. 교본을 사고, 손이 부르트도록 음계와 코드를 익혀나갔다. 〈학교종〉, 〈나비야〉로 시작해, 〈꽃반지 끼고〉 〈사랑해〉를 익히면서, 내 방식대로의 연주법이지만 신바람이 났다. 그러나 기타와의 어울림을 아버지가 좋아하실 리가 없었다.

튕, 튕, 애절함을 튕겨 노래를 섞어도, 아버지 귀에는 충동과 반항이 버무려진 괴성으로 들렸을 테고, 책을 가까이 할 중요한 순간에 하등 쓸모없어 보이는 기타에 매달리는 것은 견딜 수 없는 노릇이었던 것이다. 또한 아버지의 기대에 어긋나는 불량기어서 베이스 저음 같은 잔소리는 바리톤으로 옮겨가고, 다시 신경질적인 테너 쪽으로 확대재생산되기 일쑤였다. 그런 날이면 눈치껏 기타를 치웠다. 분신 같은 기타를 아버지 화풀이 대상으로 삼게 할 수는 없기 때문이었다. 그럴 때마다 당숙의 사춘기를 겪은 기타는 내 사춘기쯤은 거뜬히 이해한다는 표정으로 나를 안심시키곤 했다.

잊고 지낸 기타를 다시 접한 것은 군 시절이었다. 사춘기 때의 기타와는 달리 여섯 줄 모두 제자리를 가지런히 지키고 있는 세고비아는 지금까지 친구가 되어주고 있다. 그동안 휘고,

갈라지고, 틀어져 두어 번 수리를 받았지만 최고의 연주자였던 세고비아의 이름처럼 관록을 지닌 채 여전히 제 몫을 다하고 있다. 오래된 기타의 명성만큼 솜씨가 숙련된 것은 아니지만, 나는 겁도 없이 작은 모임에 기타를 들고 나간다. 그럴 때마다 골동품의 가치를 키워가고 있는 기타는 내 무모함을 용서해주었다.

달라진 것은 육남매의 삶이다. 방황의 길목마다 훈계를 쏟아붓던 둘째 형님이 세상을 달리한 것이다. 마치 먼 시절의 끊어진 그 기타 줄처럼. 그러나 두 번째 줄 '시 음계'에 해당하는 둘째 형님은 기타의 여섯 줄, 육남매의 조화로운 멜로디 속에 오롯이 살아 있다.

화음과 멜로디를 동시에 낼 수 있는 유일한 악기. 목소리를 조합하면 생의 에너지는 충전되었다. 기타는 어디로든 뛰쳐나가고 싶은 사춘기를 잡아앉히고, 거친 호흡도 가라앉혔다. 나만의 골방에서 스스로 문을 열고 나올 수 있었던 것도 여섯 줄 힘이었다.

서촌의 시간은 느리다

거품 물고 달려온 파도가 모래톱에서 힘을 풀듯, 가속도 붙은 차량의 흐름이 광화문에 이르자 완만해진다. 쫓기듯 서두른 내 걸음도 방향을 틀면서 속도를 늦춘다.

청운동, 효자동, 사직동 일대인 서촌은 경복궁을 중심으로 나눈 서쪽 마을이다. 삼청동, 계동, 원서동 등 북촌이 유명세를 타면서 이곳도 입소문을 얻게 되었다. 하지만 외지인의 발 빠른 정보와는 달리 정작 오래 전부터 정착하고 있는 주민들에게 '서촌'은 아직 생경한 지명이다. 입품을 판 길 찾기가 쉽지 않다. 하지만 길은 어디로든 통한다는 원리만 알면 타임머신을 타고 골목에서 골목으로 건너가는 일은 그다지 어렵지 않다. 늘 보던 곳이듯 낯익기까지 하다.

서촌은 나지막하다. 멀리 건너다보이는 정부종합청사와는

대조적이다. 그 흔한 고층 아파트도 없다. 골목들은 추억이 밟힐 것 같다. 노인의 잔등처럼 낮게 휘어져 있다. 눈높이를 벗어나지 않는 간판들이 평안함을 가져다준다. 당장이라도 아이들이 재잘거리며 뛰쳐나올 듯한 구립 어린이집, 오래된 헌 책방이 발길을 잡아끈다. 쿰쿰한 냄새가 배어나오는 서가에서 낯익은 동화작가는 이미 내용을 꿰고 있는 정겨운 동화를 읽어주고, 고인이 된 어느 과학자는 흥미로운 우주 이야기를 쏟아낸다. 책방 주인은 귀찮은 기색 없이 해묵은 입담을 판다. GOD, LOVE, DESIGN 같은 영문 간판이 낮은 골목의 정취와 이상하게 어울린다. 나보다 키를 세우지 않아서일지도 모른다.

서촌은 친근하다. 태어나고 자란 장소는 저마다 다르지만 어릴 적 마주쳤던 장면들이 불쑥불쑥 말을 걸고 있다. 하품을 뱉고 있는 오래된 이발소는 모처럼 찾아온 손님을 의자에 앉히고 웃자란 머리를 쳐내고 있을 것이다. 몇 발짝 더 가면 주인과 단골이 함께 늙어가는 미용실. 내로라하는 헤어숍도 많지만, 그 머리 모양을 고수하는 단골들 덕에 재래식 고대기가 쩔꺽쩔꺽 머리에 부푼 바람을 넣고 있지 않을까. 능숙한 손위 누님의 머리를 한껏 틀어 올려주던 그 시절, 오랫적부터 전수되었을 그 머리 모양은 풋내기는 감히 접근 못할 자존심이었을지도 모른다. 아줌마들의 수다가 미용실 문을 통해 새어나올 것 같아 잠시 호기심으로 기웃거려본다. 한 모퉁이를 더 돌아간 벽돌담 앞에는 수더분한 토종 꽃들이 반기고 스티로폼에서 푸성귀가 제철 입맛을 키우고 있다. 담벼락에 쳐놓은 빨랫줄에는 미로를 따라온 한 가닥 햇살이 옷가지 위에서 쉬고 있다.

불과 한 블록 더 안쪽으로 들어왔을 뿐인데 바깥세계와 단절된 듯 구부정한 골목. 서글픔과 정겨움이 뒤엉킨 추억이 스멀스멀 되살아난다. 생계를 얹었던 엿장수 손수레가 마디 굵은 손을 놓은 채 쉬고, 바람이 가위를 쩔꺽거린다. 빈 박스며 폐휴지를 차곡히 쌓아놓은 어느 집 앞에 이르자 바지런한 노모를 만난 듯 가슴이 뭉클하다. 막다른 골목에서는 불량한 상급생이 내 얇은 주머니를 털던 기억이 되살아나 슬그머니 주머니에 손을 질러넣어본다. 문간방에서는 볼륨을 있는 대로 높인 부부싸움 끝에 쨍그렁, 그릇 깨지는 소리가 들리고 이내 아이의 울음소리가 터져나오는 듯하다. 소박한 동심을 키운 골목에선 구슬치기, 딱지치기, 술래잡기가 즐거웠다. 막 한글을 깨우치는 아이가 있는지 들여다보는 창 안, 벽에 붙은 한글판이 낯익다. 골목 끝 빨간 대문 그 집에는 가, 갸, 거, 겨, 연필에 침을 묻혀 사각 칸에 삐뚜름 구겨넣던 내가 있다. 내 이름을 부르며 옆집 동무가 뛰어나올 것 같아서 나는 자꾸만 뒤돌아본다.

서촌에는 손맛이 살아 있다. 수타 짜장, 손칼국수, 해장국, 감자탕, 통닭집, 떡집에서 언제든 궁금한 맛을 즐길 수 있다. 중국집이 50년 전통을 자랑하는 것도 순전히 손맛 때문이다. 입품 발품으로 찾아온 손님들로 북적이는 그 집에는 계산대 한편에 단골의 외상값을 적은 치부책이 바구니 한 가득이다. 가슴이 허기진 이 시대에도 외상이 있다니, 주인장의 넉넉한 인심을 엿본다. 요리를 시키지 않아도 여유롭게 짜장면을 즐길 수 있는 곳이다, 우리들 삶은 특별할 것도, 과시할 필요도 없는 '보통'으로 통일되는 그런 것이 아닌가 싶기도 하다. 허름한 가정집에 빛바랜 간판 하나가 걸려 있는 손칼국수집은 할머니 손맛으로 유명하다. 그 집은 오천 원 하는 손칼국수에 강된장과 밥 한 공기, 부추전과 식혜가 덤으로 따라온다. 서촌이기에 맛볼 수 있는 인심이지 싶다. 뒷골목 음식으로 빠지지 않는 해장국집은 대통령이 다녀간 집이라며 집 크기에 걸맞지 않은 현수막을 두르고 있다. 맛 때문인지 아니면 대통령의 입맛을 확인하고픈 호기심 때문인지 손님이 북적거린다.

서촌에서는 시간이 더디다. '빠르게, 더 빠르게'를 외쳐대며 압살할 듯 달려드는 번화한 대로에서 비켜난 때문인지 이곳에서는 휴대전화의 벨 소리도 다급함이 없고 통화하는 목소리도 느긋하다. 큰길의 직선은 속도와 연관된다. 빠른 속도에서 보는 풍경은 그냥 스칠 뿐이다. 골목은 곡선을 이룬다. 곡선은 속도를 늦추고, 늦춘 속도에 맞춰 모든 게 느림의 미학을 존중한다. 속도를 벗어난 여유는 풍경을 감상하고 그것을 자기만의 것으로 해석해낼 수 있기 때문이다. 그래서일까 서촌에는 그만의 문화가 있다. 자신의 가옥을 기증해 구립 미술관이 된 박노수미술관, 「사슴」의 노천명 시인과 천재시인 이상이 살았던 흔적들이 있다. 옛 여관 그대로의 모습으로 전시를 하는 실험미술관에서 풍요로운 문화를 접할 수 있다. 아날로그와 디지털이 공존하는 곳, 잠시 시간을 거스른 예술세계에 젖기도 하는 서촌은 여유롭다.

낯선 듯 익숙한 곳, 익숙한 듯 낯선 곳이 도시다. 인생이 길에서 길로 이어지는 것처럼 도시도 길에서 길로 이어진다. 소음에 휩싸인 큰길은 속도로 위협한다. 그러나 대로에서 벗어나 골목으로 접어들면 초행길이라 해도 어디서 본 듯 낯익다. 특유의 오감을 발휘한 서촌으로의 시간여행. 이곳에선 허겁지겁 달려온 길을 잊은 채, 뒷짐 지고 어슬렁거리게 된다.

블루

파랑이 달린다. 파랑이 물러난다. 앞으로 가는 파란 의자와 뒤로 달리는 푸른 풍경들. 간이 탁자 위의 수첩과 볼펜도 파랑, 가을하늘 닮은 바다는 코발트블루가 앞서거니 뒤서거니 헤엄칠 것이다. 나는 지금 파랑에 취해 파랑을 보러가는 길이다.

며칠 전, 콤팩트한 청색 차량 한 대가 단풍진 산길 사이 하늘 끝으로 사라진 뒤부터 블루에 마음을 빼앗겼다. 청명하고 고요한 파랑은 녹색, 청록, 남색까지 스펙트럼이 넓다.

피로를 덜어주는 색, 지친 눈과 마음을 위로해주는 블루. 컴퓨터와 스마트폰에서 잠시 시선을 밖으로 돌리면 하늘과 자연이 주는 정기가 푸르다. 영혼 깊숙한 곳에 자리한 태고의 색깔. 하늘과 이마를 맞댄 나의 고향 대관령도, 동해와 호수도 그랬다.

하늘과 바다 사이를 주욱 긋는 케이블카. 대여섯 명 앉은 사방이 보이는 투명한 공간으로 푸름이 들어온다. 갈매기는 허공에 줄을 긋고, 고속 보트는 푸른 수면에 하얀 밑줄을 긋는다. 항구를 찾아오는 화물선들은 유유히 블루를 가로지른다. 푸른 공간은 현실도피가 아니라 마침내 찾아낸 자유로움, 근심이 끼어들 틈 없는 블루다.

우울한 색이라고 한다. 색깔론이라는 것이 '이현령비현령'이라서 큰 의미를 담을 필요는 없을 것 같다. 파란 두건과 마스크를 착용한 외과의사의 수술복은 생명을 살리는 성스러운 블루다. 구름 한 점 없는, 불현듯 그리운 사랑을 떠올리게 하는 블루는 완전연소의 불꽃, 가장 큰 에너지를 방출하는 완전한 사랑이다. 파랑은 수많은 표정을 가진 백 가지의 얼굴을 지니고 있다.

태평양 하늘을 가르며 날아온 미 대통령 전용기는 흰 바탕에 푸른색이 날렵했다. 마치 백상아리에 청상아리를 합친 듯했다. 트랩을 내려오는 파랑 넥타이와 남청색 하이힐은 우방에 대한 흔들리지 않는 신뢰였다. 품격 있어야 할 그 '청기와집'이 잠시 시끄러웠던 것은 파랑의 본색을 잊은 탓이다.

청바지, 청재킷, 청색 카디건, 남색 코트까지. 생각만 해도 멋진 패션이다. 청바지는 자유로운 아이템이다. 가격대는 천차만별이지만, 다양한 자리에 어울리는 옷이다. 튼실한 엉덩이와

허벅지 볼륨을 드러낸 건강미에 제격이다. 젊음과 자유로움의 상징이다. 청바지에 블루재킷, 무늬 없는 흰 티셔츠는 내 패션의 단골이다. 가벼운 나들이에 걸치는 카디건이나 남색 코트는 경쾌함이다. 중복되는 블루가 어울릴까 의문이 들지만 어떤 조화를 만드느냐에 따라 멋은 달라진다.

건강의 상징, 푸른 빛을 먹는다. 등 푸른 생선이나 블루베리 등 파란 빛이 도는 식품으로 암을 예방하거나 암의 공포에서 벗어나려고 한다. 인류를 약한 존재로 만드는 항생제로부터 탈출시키는 색이다. 도시의 손바닥만 한 텃밭에서 가꾼 파란 빛깔은 건강한 식탁을 차린다. "우울한 날은 블루스카이blue sky 한 잔!" 어느 작가의 말처럼 블루를 마시며 우울한 블루를 제압한다.

느지막이 웬 파랑인가, 묻는다면 답은 명쾌하다. 청춘은 그 자체가 싱싱해 파랑을 덧입을 필요가 없었다. 오히려 무채색으로 넘치는 파랑을 덜어낸다. 그러나 지금은 브라운이 넘친다. 파랑을 덧입어야 할 시간이다. 찬바람이 도는 도도함이지만 원숙함과 잘 어울리는 색이다.

자유의 상징이자 창조적 감성을 일깨우는 색이어서 수익성이 높은 우량주株는 블루칩blue chip이다. 경쟁자가 없을 만큼 유망한 시장을 블루오션blue Ocean이라 일컫지 않는가. 그 어떤 색보다 아름답고 따뜻한 색으로 이미지를 변신시킨 영화 〈가장 따뜻한 색 블루〉는 그런 의미에서 역설이면서 설득력을 얻는다.

보고 입고 먹는 블루. 생각하는 블루. 파란 재킷이 상큼한 낭만을 꿈꾼다.

클로즈업

소란스럽다. 붕붕거리는 유혹. 어느새 손은 열고, 초 단위로 대화가 달린다. 사진이 속속 뜬다. 좋아요, 멋져요, 아니 이런, 내가 왜 이러죠? 시끄럽다. 일정과 사건과 장면이 고스란히 뜬다. 알고 싶지 않아도 알게 되는 시시콜콜한 단체 카톡방.

참을성이 없다. 어디든 재빨리, 쉽게 날아가는 영상들. 눈으로 볼 수만 있다면 전송되는 사진들은 대기권 어딘가에 하나의 층을 이룰 것이다. 맘에 들면 다행이지만, 감추고 싶은 것이 드러났을 때 당사자는 불쾌하다. 난 당신에게 끌렸거든, 단 한 사람을 클로즈업한 사진은 자신이 행위의 주체였음에도 '끌리게' 했다는 객체를 핑계 삼아 접근한다. 오래지 않아 고지서처럼 다시 날아든다.

드러내고 싶지 않다. 주름이나 잡티 같은 것들. 할리우드의 연륜 있는 여배우들은 스타킹을 씌운 카메라렌즈나 포그렌즈를 좋아한다. 굳이 보이고 싶지 않은 심리를 배려한 것이다. 카메라가 가까이 다가갈수록 표정은 굳어버린다. 배우들도 마찬가지일 것이다. 자연스러운 표정을 잡아내고 싶다면, 카메라를 뒤로 멀리 물린 채 망원 렌즈로 촬영할 수밖에 없다. 따가운 초점에서 멀어졌다고 생각한 배우는 자연스럽게 연기를 한다. 이럴 때, 영화감독과 배우와의 실제 거리는 멀어도 심리적인 거리는 안정권 안에 있게 된다.

언젠가 확대경으로 들여다본 손바닥은 미처 눈여겨보지 못한 것까지 보여주었다. 굵직한 몇 개의 선을 잡고 있는 빗금들은 삶의 궤적이었다. 멈추거나 돌아가거나 곧장 가거나, 설움이자 욕망이자 갈등이었다. 희망과 절망 사이에서 외줄타기를 하는 아스라한 순간들이 꿈틀거렸다. 기억조차 희미한 길들을 들여다보면서 내 몸에 수많은 선이 얽혔다 풀어짐을 반복하고 있음을 알았다. 꼼짝 마, 넌 아무것도 숨길 수 없어. 선명하게 보여준 엄포다. 보는 것이 힘이라는 듯 검고 둥근 테두리에 싸인 탐심이 나를 클로즈업했다.

육안이거나 안경 확대경 같은 겉눈이거나 심상으로 보는 속눈이거나. 같은 대상이라도 관점에 따라 안목은 달라진다. 사실과 진실조차도 어딘가 초점을 맞추려는 의도에 따라 결과는 확연히 다르다. 줌인이나 줌아웃 할 수 없는 것이 사람의 눈이다. 더 자세히 보려면 몸을 움직여 그 대상에 가까이 가야 한다. 즐거울 때 동공이 확장되고 불쾌하거나 두려울 때 작아지는 눈. 하지만 사물 가까이 갔다고 해서 모든 게 확연해지는 것은 아니다.

작은 창으로 내다보던 산 너머의 세상이 궁금했던 유년. 산만 넘으면 될 것 같아 동경한 너머는, 또 다른 산이 첩첩임을 나중에야 알았다. 육안으로 본 거리를 전제로 성립한 시각의 한계였다. 배척培尺의 척도는 확대경만이 가진 유일한 기능이다. 시력을 배가시킨 진보는 우주까지도 탐색한다. 상상만으로 떠올리던 블랙홀도 멀지 않아 관측할 수 있다. 전 세계에 배치된 12개의 전파 망원경을 합친 '제3의 눈'으로, 달 표면의 500원짜리 동전도 볼 수 있는 시대가 곧 열린다고 한다.

생물학자 조지 해스컬은 숲에서 우주를 보았다. 지의류로부터 민달팽이에 이르기까지 숲에 초점을 맞추고 원대한 만다라의 세계를 일상으로 끌어들였다. 그가 필수로 지녔던 현미경은 추리소설의 주인공 셜록 홈즈에게도 없어서는 안 되는 필수품이었다. 누군가의 외양을 보는 것만으로도 미궁에 빠진 사건을 해결하던 그는 나의 영웅이었다.

확대시키는 것이 다 좋을 수는 없다. 선과 악을 구별하지 못하는 그것을 누가 어떻게 사용하느냐에 따라 대상과 가깝거나 멀게, 친밀하거나 두렵게 한다. 의심의 잣대로 들여다보는 확대경은 상대를 피곤하게 하고 상처를 남긴다. 대충 넘길 일도 깨알같이 알려고 하는 집착을 섬세한 배려로 포장하기도 한다. 속속들이 알면 매력도 신비도 사라진다. 먼 산이 흐릿한 것은 비밀을 숨기고 있기 때문이다. 여행이 설레지만, 막상 가보면 실망하는 경우도 있다. 물이 너무 맑으면 물고기가 살지 못하듯 때로는 그렇거니 하고 넘겨버리는 것도 지혜다.

확대경은 권력이다. '난 네가 한 일을 알고 있어' 약점을 잡아 위협한다. 받은 상처는 확대하고, 준 상처는 축소한다. 보편성을 넘은 '내로남불'. 나만의 척도로 남을 폄훼하며 상처주는 일은 자기중심적 오류에 빠지는 일이다.

클로즈업은 무기로 돌변한다. 태양빛을 모은 돋보기에 걸려든 개미처럼, 부릅뜬 렌즈에 갇히면 빠져나올 수 없다. 흑백으로 규정하여 뒤집어씌우고, 자신들에게 유리한 여론을 만들어 언론에 보도하면, 작은 흠집도 신문에서 봤어, 텔레비전에서 봤어, 꼼짝없는 기정 사실로 매도한다.

기억상실증에 걸린 남자에게 의사는, 기억을 살리려면 시력이 손상될지도 모른다며 기억과 시력 중 하나만 선택할 것을 요구했다. 그는 고심 끝에 시력을 선택했다.

"제가 과거에 어디에 있었느냐를 보기보다는 앞으로 어디로 가게 되는지를 보는 것이 더 낫다고 생각합니다."

과거는 되돌릴 수 없다. 그러나 미래는 새로운 가능성이다.

과거의 실패나 성공에 계속 얽매여 있지 말라는 의미를 새겨 본다.

누구나 마음속 확대경 하나씩은 간직하고 있다. 좋은 것을 보는 눈, 믿음의 눈, 사랑의 눈으로 삼으면 더 밝은 내일이 클로즈업되지 않을까. 그것으로 보고 싶은 것만 본다면 겉모습만 되돌려주는 거울과 무엇이 다를까.

새콤달콤한 관계들

머위와 엄나무순, 오가피와 쑥. 살짝 데쳐 된장에 무치거나 초장에 찍어먹거나 된장국으로 찾아온 것들. 봄내음 가득한 식탁이다. 겨우내 떨어진 입맛을 살리기에 제격이다. 봄나물을 좋아하는 것은, 산촌의 소박한 밥상에 대한 정겨움이 그리운 때문인지도 모른다. 머위 한 쌈을 입에 넣은 순간, 아득한 기억과 감정들이 되살아난다.

입맛이라는 것이 간사해서 봄이 기울 무렵이면, 잠시 쓴맛에 밀려나 있던 다른 맛을 찾게 된다. 사과 레몬 오렌지처럼 새콤한, 바나나 딸기 메론처럼 달콤한 것들을. 요즘은 과일이 제철이 없다. 기다림의 설렘은 줄었지만, 언제든 먹을 수 있다. 흔하다 보니 칼로 깎고 자르거나 일일이 손을 대고 먹는 일조차 귀찮아질 때도 있다. 입은 궁한데 손이 게으를 때, 손쉬운 방법은 몇 가지 과일을 섞어 주스를 만드는 일이다. 하나의 과일은 딱 그 맛만 주지만, 여러 종류가 섞인 맛은 딱히 어느 맛이라고 단정지을 수 없다. 마치 개성을 잃어버린 군중처럼, 뭉뚱그려진 집단의 맛이다.

집단성의 위력은 오래지 않아 개성을 찾게 한다. 입과 코가 서로 가까이 있듯, 맛과 냄새가 합쳐질 수 있다는 것은 놀라운 일이 아니다. 그것은 어쩌면 행복과 만족감을 더해주기 위한 신의 배려가 아닐까. 사과 향을 한 입 깨물면, 새콤한 신선미를 느끼고 과육을 삼키는 순간, 맛과 향이 어울려 비로소 사과의 참맛을 알게 된다. 첫인상에 이끌려 시작한 관계가 서로의 개성을 알게 되며 느끼는 신선함과, 서로 다른 맛을 인정하며 친숙해지듯.

과일의 시작은 꽃이다. 꽃이 불러들인 벌과 나비뿐 아니라 바람을 따라 꽃가루가 전해져서 그것이 열매를 맺어, 햇빛을 받아 쑥쑥 당도를 높인다. 꽃은 식물의 생식기와 다름없어 꽃의 암술과 수술이 만나면 과일이 생기는데, 그것을 사랑의 결실이자 향기로운 성교의 선물이라고 한 이가 있다. 에로틱한 탐구다. 과일을 맛보는 것은, 새콤달콤한 과정까지 음미하는 것이니 결국 짜릿한 사랑의 역사를 맛보는 것이리라.

인간의 성숙과 과일의 숙성 과정은 같다. 떫고 신 과정을 거쳐야 비로소 단맛을 낸다. 풋것들은 자동으로 찡그린 표정을 짓게 만든다. 그 맛은 외부의 적으로부터 보호하려는 식물의 호신책이기도 하지만, 몸에 독소가 들어오는 것을 막기 위한 인간의 경보 시스템이기도 하다. 사람도 숙성의 과정을 거친다. 풋풋한 어린 시절과 신맛과 쓴맛의 시련기를 넘어설 때 차츰 어른스러워진다. 단맛과 쓴맛 그리고 신맛이 어울리면 향과 맛을 증폭시킨다. 감칠맛이다. 감칠맛에 이르기 위해서는 쓴맛부터 가르쳐야 하는 것, 그것이 인생의 과정이 아닐까 싶다.

모양, 색깔, 질감이 서로 다른 과일. 마냥 둥글다고 생각하지만, 과일만큼 개성적인 것도 없다. 동그랗거나 길쭉하거나, 빨갛거나 노랗거나, 딱딱하거나 말랑하다. 과일을 고를 땐 만져보고, 냄새 맡고, 통통 두드려본다. 알맞게 익은 색깔인지 몇 번씩 들었다 놓기를 반복하며 신중해진다. 잘 골랐으면 다행이지만, 막상 먹어보면 제 맛이 나지 않아 실망하기도 한다.

입맛의 변덕은 또 어떤가. 부드러운 것을 좋아하다가도 딱딱한 것을 찾는가 하면, 맛에 끌려 너무 많이 먹으면 질리기도 해 새로운 것을 찾기도 한다. 사람도 마찬가지다. 말랑해 쉽게 보이는 사람, 딱딱하게 경직된 사람, 만날수록 즐거운 사람이 있는가 하면, 질리는 사람도 있다. 겉보기엔 말랑해 보이는데 강직하거나, 딱딱해 보이는데 실상은 부드러운 사람이 있다. 보이는 모습이 전부는 아니다. 한꺼풀 벗겨야 과일의 제 맛을 알 수 있듯 사람도 편견이나 선입견의 꺼풀을 벗겨내야 그 사람을 알 수 있다.

과일은 성분만큼이나 중요한 감성을 담는다. 그것에서 읽혀지는 붉은 심장, 알알이 박힌 검은 눈동자, 햇살 담은 다양한 색깔의 달콤한 육즙, 뽀얀 피부는 유혹적이다. 선악과가 이러했을까, 아담과 이브는 '먹음직도 보암직도' 한 그것의 유혹을 뿌리칠 수 없었다. 결국 그들은 '영원한 천국대신 덧없는 과일 맛'을 선택했으리라. 세상은 선악과처럼 먹지 말아야 할 금기의 과일이 있을 테지만, 그럴수록 꼭 해보고 싶은 욕망도 함께 따르는 법. 죄가 되고 벌이 돌아오는 줄 알면서도 저지른 그들의 모험심으로 인간 사회가 지금껏 발전해온 것인지도 모른다.

삶은 온갖 맛을 가지고 있다. 싱겁거나 짜거나 달거나 쓴맛. 어느 날은 순한 맛이더니 어느 날은 짠맛이 되고 매운맛으로 변하기도 한다. 늘 같은 맛을 유지할 수는 없다. 그러나 덜 익어 시큼털털한 사람, 과육보다 씨만 잔뜩 들어 있는 사람, 외형과 색깔은 그럴듯한데 내용이 없는 사람은 언젠가는 기피하게 마련이다. 숙성된 과일처럼 잘 익은 사람은 언제나 가까이 하고 싶다. 매력 있고 향기로운 사람이다. 특정한 한 가지의 맛이 아니라 새콤달콤한 맛을 내는 사람이다. 이런 사람에게선 먹을 것이 많은 과육처럼 취할 게 많다. 어차피 처음부터 익을 수는 없다. 매번 성숙의 과정을 거쳐야만 하기 때문이다.

바나나는 마냥 노란 것이 맛있는 것은 아니다. 주근깨가 약간 돋을 때까지 뒷맛을 챙겨야만 한다. 기다린 맛이다. 젊은 것이 보기에는 좋지만, 깊숙한 맛을 들인 내면의 아름다움은 따라갈 수 없다. 맛이 들 때까지 인내의 시간이 필요하다. 덜떨어진 듯한 사람이 나중에 큰 인물이 되는 경우를 흔히 보지 않는가. 겉모습만 보고 평가해서는 안 되는 이유다. 때로는 독립된 맛보다 여러 과일이 섞인 집단적 맛이 필요할 때도 있다. 융합과 통합의 맛도 과일이라는 속성 때문에 가능하다.

과일은 인간 삶의 조건과도 닮아 있다. 새콤하거나 달콤하거나 떫거나 씁쓸하다. 회피할 수 없는 일상의 과정 속에서 겪는 맛의 관계망이다. 삶은 하나의 빛깔, 하나의 모습, 하나의 맛이 아니기 때문이다.

덤의 자서전

밥 한술이 건너온다. 한번은 정이 없다고 또 한술. 재빠른 눈치에 형식적인 거절을 할 수가 없다. 솔직히 말하면 덤을 즐긴다고 해야 할 것이다.

남는 것을 주는 것은 덤이 아니다. 자신의 것을 나누어 상대에게 더해주는 기꺼움이 들어 있는 덤은, 성과에 따라 지급하는 보너스와는 다르다. 그동안 나는 얼마나 많은 덤을 받았는가. 당연하다고 여겨왔던 것들. 생각해보면, 내가 누린 덤이 한두 가지가 아니다.

오랜 기억을 뒤질 때면 뭉클하게 다가오는 것이 고향이다. 안정감과 순박함을 덤으로 얹어준 강릉은 백두대간의 줄기인 대관령이 감싸안고 동해 바다가 아우르고 있다. 젖비린내와 그리움을 동시에 물려주던 곳. 내 성정의 8할을 이루어준 매혹의 땅이다, 강인함을 가르치고 너른 마음을 키워준 그곳에서 무른 뼈는 단단해졌다.

눈을 뜨면 쪽창은 제일 먼저 어둠을 걷어낸 말간 산등성이를 배달해주었다. 바다로 나아갈 만큼 자라지 않았던 그때, 하루는 산에서 태어나고 산으로 지는 줄 알았다. 아직 가보지 못한 먼 곳이 산 너머에 있다고 믿었다. 이때쯤이면 밥보다 술을 더 좋아한 당숙이 방앗간 참새처럼 부엌으로 찾아들곤 했다. 할머니는 으레 소주 한 대접을 따라주었다. 당숙의 들뜬 기분을 맞추는 정미소의 원동기는 종일 지치지도 않고 통통거렸다.

시장으로 물건 팔러나가는 발걸음과 등굣길의 수런거림으로 마을이 열렸다. 남녀 한반이었던 교실은 경쟁보다는 지혜를 키우던 곳. 누가 일 등을 했는지는 관심과 멀었다. 모자란 일손을 돕기 위해 아이들은 저수지 제방 둑에 소를 풀어놓곤 했다. 누구는 꼴을 베고 누구는 하모니카를 불고 누구는 책을 읽었다. 해질녘, 풀내에 취한 소를 몰아 집으로 들어가면 시장기를 녹여줄 따뜻한 밥이 기다리고 있었다.

흐릿한 호롱불이 내 그림자를 길게 짓는 밤은 호젓했다. 요즘 카페에서 노트북을 펼쳐놓거나 책을 읽는 청춘들의 낭만과는 달랐다. 도란도란 들리는 가족들의 음성과 풀벌레 소리를 동무 삼은 책읽기며 숙제는 집중이 잘 되었다. 할 수만 있다면, 어린 시절은 흙을 만지며 맘껏 뛰놀 수 있는 시골이 좋다는 말에 나는 적극 찬성한다. 자연과 함께한 체험이 인성에 도움을 주기 때문이다. 궁핍함이 부끄러움이 되지 않던 시절, 아이들은 잘 놀고 잘 어울리고 잘 자라기만 하면 되는 것이었다.

대관령은 남성적이다. 동해도 그렇다. 그 기질을 이어 받아서일까, 강릉사람들은 뚝뚝하다. 마치 함경도의 반골기질과 경상도의 뚝심이 비벼진 듯한 직선적이다. 하지만 말투만 그럴 뿐, 심성은 부드럽고 온화하다. 그 부드러움을 일러준 것은 경포호수다. 경포대에 오르면 누구나 시인이 되어 하늘의 달과 바다의 달, 호수의 달과 술잔의 달을, 임의 눈동자에 뜬 두 달을 노래한다. 산림과 바다가 상부상조하며 삶을 이어온 터전인 강릉은 초당의 순두부와 포구의 수산물이 산촌으로 올라오고, 곡식과 나물과 땔감이 어촌으로 내려갔다. 바다의 안녕이 육지의 안녕을, 육지의 평온이 바다의 평온을 주었다. 손수 몸으로 읽어낸 고향은 때 묻지 않은 향수를 덤으로 남겨주었다.

"군 생활이 걸림돌이라고 생각하지 마시고 인생의 디딤돌로 생각하세요."

개그맨 출신인 어느 일병의 말에 나는 고개를 끄덕였다. 2년의 군 생활은 손해보는 시간이 아닌 자신을 단련시키는 과정이라고 생각하기 때문이다. 나는 30년 동안 군인으로 살았다. 두 해도 지겹다는데, 그 시간이 혹여 답답하지 않았을까. 하지만 그런 생각을 한 적이 없다. 군인으로서의 자부심은 대단했다.

물론 시행착오와 실수도 있었다. 그러나 그것에서 얻은 깨달음이나 뉘우침도 이제 와보니 모두 덤이었다.

어머니의 뱃속에서부터 6·25전쟁의 포성을 들었던 나는 태생적으로 군인이 숙명이었다. 그 길이 만만치는 않았다. 자랑스럽고 뿌듯한 기억도 있지만 반대의 경우도 있었다. 부대원들과 부둥켜안고 흘렸던 눈물은 의기투합이라는 덤으로 돌아왔다. 전우애는 어려움에 이를 때마다 나를 일으켜 세우는 힘이 되었다. 부하들을 통솔하는 지도력, 상사를 모시며 배운 포용력, 긴박한 상황에 대처하는 임기응변, 상하복종만이 능사가 아닌 합리적인 사고의 전환 같은 것들. 청년기는 물론 지금에 이르기까지 그것들은 나를 지탱하는 힘이 된다. 과거를 되살리되 종속되지 아니하고 현재에 충실하되 정체되지 않는 합리성을 말할 때마다 심장은 뜨거워진다.

지금 나는 총 대신 펜을 들었다. '우리'라는 집단성에서 '나'라는 개별성으로 돌아온 시간. 문인의 이름값에는 어림없지만, 글을 쓰지 않고서는 견딜 수 없는 절실함이 장년의 나를 버티게 한다. 직선으로만 달려가던 걸음이 간경화라는 장애물과 만나면서 나침반을 상실한 배처럼 뿌리째 흔들렸다. '건강을 잃으면 모든 것을 잃는다'는 절대적 사실 앞에 절망했던 시간들. 그러나 포기한다는 것은 비겁하다는 의미였다. 고향이 그렇게 가르쳤고 오랜 군 생활이 용납하지 않았다.

가족의 사랑을 이식해 다시 살아난 지금, 연장된 생의 시간이 특별하다. 계량할 수 없는 눈물겨운 덤. 글쓰기는 생명을 잉태하듯 내가 만난 경험들을 재생산하는 것이다. 내가 쓴 글이라 해서 온전히 내게서 나온 것은 아니다. 창작은 없는 것을 만들어내는 것이 아니라 새롭게 발견하는 것. 체험으로 얻어진 것들과 지적 호기심과 통찰로 얻어진 것을 통해서 나를 세상에 쏟아놓는다. 그것이 누군가에게 쌀 한 톨만큼의 위로가 된다면, 아니, 내가 살아가는 이유가 된다면 그것으로 족하다.

그동안 누린 덤은 언제나 적정치를 넘는 것이었다. 그것이 물질이든 정신이든, 뜻하지 않게 만나고 입고 즐겼다. 당연한 듯 잊고 지난 것들이 기껍게 다가오는 것은 나이듦이 전해주는 깨달음이다. 겸손함과 너그러움은 묵은 시간이 주는 덤인 듯싶다.

5

봄은 변화무쌍하다. 시시때때로 달라지는 감정이 속을 알 수 없어 불안하기도 하지만, 가닥이 잡힐 듯 말 듯한 숨결은 미묘하다. 신비롭다. 팝콘 같은 꽃망울을 탁탁 터뜨려놓다가도, 무슨 심술인지 저만치 멀어진 동장군을 불러세워 때 아닌 눈을 선보이기도 한다.

- 봄은 고양이처럼 온다
- 초생달
- 저녁에 대하여
- 눈빛
- 세 개의 의자
- 아가위
- 손
- 잎이거나, 꽃이거나
- 발
- 유쾌한 사물들

봄은 고양이처럼 온다

살금살금 다가오는 봄. 다가와 경계이듯, 호기심이듯 눈망울을 굴리다가 언제 가는지 모르게 계절의 모퉁이를 돌아가는 봄.

봄은 변화무쌍하다. 시시때때로 달라지는 감정이 속을 알 수 없어 불안하기도 하지만, 가닥이 잡힐 듯 말 듯한 숨결은 미묘하다. 신비롭다. 팝콘 같은 꽃망울을 탁탁 터뜨려놓다가도, 무슨 심술인지 저만치 멀어진 동장군을 불러세워 때 아닌 눈을 선보이기도 한다. 겨울 같은 봄과 여름 같은 봄의 사이에서 나는 생각한다. 이 팜므파탈의 봄, 치명적인 봄은 어린 고양이 눈빛으로, 갸르릉거리는 소리로 나를 유혹한다고. 봄이 유혹하는 빛깔, 뭐라 딱히 정의내릴 수 없는 오묘한 빛깔은 각기 다른 미감이듯 여러 색으로 온다.

봄은 노란 빛으로 온다

'봄은 고양이로소이다'라고 어느 시인은 읊었다던가. 노곤하게 잠을 몰고 오는 봄볕, 고양이 수염을 간질이는 한 줌 햇살이 노랗다. 햇살에 게슴츠레 눈을 감는 고양이, 마지못해 뜨는 눈빛이 노란 빛이다. 어둠속에서 동공을 확대하던 푸른 빛이었다는 것을 상상하기 힘들다.

고양이 졸음 속 노란 빛은 아이들의 통원버스며 가방, 원복의 색깔과 닮았다. 노랑은 병아리 빛, 어린 빛, 아이들과 어울리는 빛이다. 어른이 노란색 옷을 입으면 촌스럽고 어색하다. 봄을 제일 먼저 알리는 복수초 꽃도 노랑이고 생강나무, 산수유 꽃도 노랑이다. 설레는 색이지만 신호등의 노란색처럼 조심스런 색이기도 하다.

봄은 분홍빛으로 온다.

고양이 수염은 고성능 안테나. 멍게껍질 같은 땅의 거죽을 비집고 나온 새순들의 광합성과 펌프질을 재빨리 감지한다. 숨죽인 생명들을 일으켜 세우듯 낮잠에서 깨어난 고양이가 두 발을 쭈욱 뻗어 내밀고 등허리를 활처럼 둥글게 세워 기지개를 켠다. 어슬렁어슬렁 걸어나가더니 어느덧 지붕에서 지붕으로 가벼운 착지. 고양이에게는 보이지 않는 날개가 있을까. 그 날개를 활짝 펴서 어디든 내려앉는 것일까. 그 가벼운 몸짓은 바로 봄의 동작이다. 겨울의 무거움을 털어낸 봄의 가벼움이다. 보자기처럼 활짝 펼쳐지는 네 발바닥은 분홍빛이다. 말랑한 고무 같은 분홍은 아가의 잇몸 같은 색깔, 만지면 연한 물이 주르륵 새어나올 것 같아 함부로 만져볼 수 없는 색깔이다.

언젠가 창이 넓은 음식점에 앉아 밥을 먹은 적이 있다. 내가 앉은 자리가 식당 뒷마당을 내다보는 자리였는데, 마침 산벚나무가 하르르 제 꽃들을 쏟아내고 있었다. 연분홍 꽃잎은 분홍의 눈송이 같기도 했고, 바람에 날리는 나비 떼 같기도 했다. 음식보다 풍경에 취해 밥을 건성으로 먹고 있을 때, 어린 고양이가 떨어지는 꽃잎을 잡으려는 듯 제 몸을 사뿐사뿐 띄우고 있었다. 그 가볍고 화사한 봄날의 풍경 속 분홍은 내게 잊히지 않는 빛깔이다.

봄은 연둣빛으로 온다.

여린 손처럼 쏙쏙 올라오는 새순들. 그 연둣빛은 초록으로 가는 과정의 빛깔이다. 연둣빛을 미완성인 빛깔이라 생각하기 쉽지만, 무엇을 보태야 하는 것이 아니라 그 자체만으로 미묘한 맛이 되고 멋이 되는 색이다.

길고양이를 수년 동안 보살피는 친구의 말을 빌리면, 갓 두 달쯤 된 고양이는 아직 젖을 떼지 못해 늘 어미 품에 매달린다고 한다. 그러나 어미는 여러 마리 새끼들이 달라붙어 젖을 빨아대니 몸이 당해낼 재간이 없어 간간히 사냥을 나가야 한다. 그런 어미를 기다리며 젖투정을 하는 아기 고양이들에게 잘게 찢은 고기며 생선을 발라 가져다주면 낯선 기척에 잠시 뒤로 물러서다가도 어느새 살금살금 다가와 먹이에 얼굴을 박는다고 한다.

“야우,야우,야우” 맛있게 먹을 때 내는 그 색다른 소리는 “맛있어, 맛있어, 맛있어”로 들리고 그 소리가 그렇게 좋을 수 없다고 한다. 그의 말을 들으며 나는 그 소리에 새순 같은 연둣빛이 들어 있을 거라고 생각한다. 손을 내밀면 도망가는 녀석도 있겠지만 어느새 익숙해진 사이가 되면, 넉살 좋은 녀석은 다가와 손가락을 핥겠지. 여린 혓바닥이 닿는 까슬까슬한 감촉은 고운 사포를 만지는 기분일 것이다. 연둣빛이 닿는 느낌이랄까. 엉덩이를 톡톡 두드려주면 기분 좋다는 표시로 꼬리를 직각으로 올리겠지. 며칠 새 쑤욱 올라온 순처럼. 그러면 나는 없던 미각이 돋아 내가 좋아하는 엄나무순을 사러 평창으로 가야 할 때임을 알 것이다. 갓 따온 햇것을 살짝 데쳐 초장에 찍어먹는 맛. 춘곤에 어울리는 연두의 맛이다.

노랑과 분홍과 연두를 합치면 어떤 빛깔이 될까. 본질조차 알 수 없는 혼탁한 빛이 되지 않을까? 나는 이 빛깔을 하얀색이라고 믿고 싶다. 새로 시작하는 색, 마음껏 꿈을 그려볼 수 있는 색, 넘어졌어도 툭툭 털고 다시 일어나는 색. 입학, 입사, 새내기 같은 시작을 알리는 단어가 유독 많은 계절이 봄이 아닌가. 세 가지 빛깔이 어우러진 봄은 하얀색으로 온다. 마치 고양이가 혀로 고르던 뽀얀 가슴털처럼, 흰 발목처럼.

초생달

"잰 며느리가 초생달을 본단다."

서녘이 익숙한 말을 건넨다. 대숲을 건너가는 바람은 그때와 다름없는데 이미 이 숲을 지나 먼 곳으로 돌린 발걸음.

어머니는 왜 그토록 달에 정을 주셨을까. 그것도 초저녁 막 돋아난 저 별에게.

몇 해 전, 형제들이 유품을 나누던 자리에서 나는 어머니 손때가 묻은 필사본을 골랐다. 〈초생달〉이라는 제목이 가슴 깊이 박혔다. 수많은 지문이 쌓인 표지를 어루만졌다. 낡아서 몇 번씩 덧붙이기를 했고 실로 꿰맨 자국이 선명한 표지엔 신미辛未년이라 적혀 있었다. 그렇다면 1931년, 어머니가 열여덟 처녀인 때가 아닌가.

책이 귀했던 때, 풋풋한 처녀의 감성은 소설에 빠져들고, 어머니는 〈초생달〉을 틈틈이 붓으로 베껴 썼을 것이다. 내용이 궁금했지만, 세로로 써내려간 구문은 가로쓰기에 익숙한 내게 제대로 들어오지 않았다. 머나먼 기별이 궁금한 듯 어느 날 나는 그 내용을 천천히 훑어보기로 했다. 작심한 듯 읽어도 더러 낯선 글자에 막혔다. 그러나 앞뒤 문맥을 따라가며 읽다보니 어머니의 숨결이 고스란히 전달되면서 벅찬 가슴에 싸한 기운이 돌았다.

"백설은 북악에 싸이고 싸여서 옥으로 깍아 세운 듯하였고"로 시작되는 소설은, 열네 살에 고아가 된 옥순이라는 한 여인의 삶을 그려내고 있었다. 눈보라치던 날, 오갈 데 없어 방황하던 그녀를 어느 여염집 여인이 데려다 돌본다. 절색인지라 해가 지날수록 동네의 뭇 남정네들이 탐하기로, 몇 해를 키운 후 돈을 받고 기생으로 팔아넘긴다. 본격 기생수업을 받은 그녀는 계월이라는 명기가 되고, 여러 남자를 만나는 우여곡절 끝에 지아비를 사랑하게 되어 잘 살았다는 신파풍의 스토리였다.

1920년대, 어머니가 4년제 간이학교를 다닌 것은 당신의 말대로 일생에 큰 복이었다. 읽고 쓰고 산술을 익힌 것이 당시 시골에서는 흔치 않았기 때문이었다. 그 덕에 큰댁의 할머니에게 언문 소설책을 읽어주는 것은 어머니 몫이었다. 내 기억에 어머니가 가까이 둔 책은 『반야심경』이나 『부모은중경父母恩重經』이나 『성경』이었다. 틈만 나면 손에서 책을 놓지 않았다.

여름철이면 처녀들도 소 먹이러 다녀야 할 만큼 일손이 귀하던 때. 염전을 일구던 외할아버지의 일을 거들다보면 밤이 이슥해서야 겨우 벼루에 먹을 갈았을 것이다. 한 달에서 몇 달이 걸렸을지도 모르는 과중한 일복이어도 틈을 빌려 한지에 옮겨 쓴 〈초생달〉이었다. 길게 땋은 머리에 홍치마와 노랑저고리로 단장한 어머니. 흐릿한 등잔불 아래서 꼼꼼히 써내려간 한 자 한 자 속엔 아직 반달이나 만월이 되지 못한 설렘이 있었을 것이다.

어떤 날은 해진 홑바지에 치마를 겹쳐 입고 눈보라에 떨고 있는 옥순이가 되었다가, 또 어떤 날은 난봉꾼들 틈에서 술을 따르는 기생 계월이가 되어 북받치는 감정을 눌렀을 것이다. 행간이나 글자의 크기가 흐트러짐 없이 일정한 것은 정갈하고자 했던 몸가짐. 조금은 흐릿하게 번진 먹은 꾹꾹 눌러 담아도 새어나온 슬픔이었을 것이다. 늦은 밤 고단함에 빼먹은 글자는 뒤늦게 채워놓은 듯, 공손히 두 손을 모은 채 줄 옆에 고개를 숙이고 있었다. 때론 아픈 기억을 지우고 싶은 듯 줄을 내리긋고 다시 쓴 흔적도 있었다. 기생이 되라는 강요를 받아들이지 않는 옥순이. 뺨을 후려치는 사내들의 거친 손을 생각하며 어머니는 부르르 주먹을 움켜쥐었을 것이다. 군데군데 얼룩은 옥순이를 대신한 어머니의 눈물이었다. 가물에 콩 나듯 옥순이의 설렘은 새가 날아가듯 경쾌한 문장으로 이어지고, 어머니의 홍

얼거림이 곳곳에서 들려오는 듯했다.

어머니는 영월 신辛 씨다. 열아홉에 두 살 아래 강릉 최가 아버지와 결혼한 것이 1932년이었다.

"자그마한 키는 바지런해보였고 서글서글한 눈은 총명함을 가득 담고 있었지. 작은 얼굴에 오뚝하게 중심을 잡은 코는 복스러웠어. 도톰한 입술은 허튼말을 절대 뱉을 것 같지 않더구나. 티 없는 얼굴엔 생기가 돌았지. 네 아버지가 어찌나 부럽던지."

당숙은 혼례 때의 어머니 첫인상을 기억하고 있었다. 그런 어머니도 매운 시집살이는 피해가지 못했으니, 시집 오기 전해에 필사한 『초생달』은 한가한 곳에 마음을 준다는 핀잔의 구실이 되었다. 시집살이는 물론 육남매를 키워야 하는 고단함에도 남 몰래 꺼내 읽으며 당신을 위로하였을 필사본. 부지런한 어머니는 초저녁 일찌감치 흰 고무신을 끌고 나온 초승달을 곁눈으로 훑으며 소원을 빌었을까. '악한 끝은 없어도 선한 끝은 있는 법'이라고 굳게 믿은 어머니는 소설 속 옥순이처럼 '좋은 끝'을 고대하며 힘든 고비를 버텨냈을 것이다.

외갓집은 개명한 집안이었다. 어머니의 4촌들 중에는 진명여학교를 나와 경성사범이나 대구사범을 거쳐 일본 중앙대학을 다닌 분들도 있었다. 그런 집안 사정으로 볼 때, 막내딸인 어머니가 동네 간이학교만 다닌 것은 부당한 일이었다. 그럼에도 어머니는 못 다한 학업에 대해 불평하지 않으셨다. 출가한 자식들에게도 수시로 편지를 써 소식을 전했다. 또박또박 연필로 눌러쓴 글에는 당신의 생각을 질서정연하게 표현하셨다. '한시를 참으면 백날이 편하다' '지는 게 이기는 것이다' 가르침도 빠뜨리지 않으셨다.

할아버지의 사업이 실패로 돌아간 때가 있었다. 파산은 마흔여덟 살인 할아버지를 화병으로 돌아가시게 만들었다. 아버지와 삼촌들은 '기회의 땅'이라며 만주 용정으로 이주했고, 그곳에서 삼촌은 금융조합에 아버지는 운송부를 맡아 일하셨다. 어머니는 살림 뒷바라지를 하는 틈틈이 강릉에 계시는 할머니께 자식들의 소식을 소상하게 전하셨다. 꼬박 100년의 장수를 누린 비결도 늘 글을 가까이한 까닭이었을지도 모른다.

반세기도 훌쩍 지난 지금, 기억을 더듬어 겨우 찾은 외갓집은 대숲만 낯익을 뿐 돌기와집은 사라지고 없다. 마당에서 내다보던 바닷가, 백사장과 기암괴석은 발전소에 가로막혀 있다. 형들이 태워준 소 잔등에서 두려움에 울었던 산자락엔 전원주택들만 즐비하다. 나는 지금『초생달』을 베껴 쓰던 열여덟 처녀의 연둣빛 꿈속을 헤맨다. 초승달이 상현달로 부풀고, 다시 보름달로 환해질 때쯤 어머니의 봄날도 그리 환했을까. 어머니의 봄날은 과연 있기나 했던 걸까.

저 풋풋한 달처럼 꿈을 키우다가 그믐으로 이운 어머니. 순결한 손끝으로 전해주는 어머니의 파릇한 영혼, 초생달은 나만이 간직한 비밀스런 샘이다. 서녘에 잠시 머물다 잠드는 것이저 달이라 해도 겹겹이 묻어 있는 어머니의 지문과 따뜻한 체온은 영원히 잠들지 않을 것이다. 그믐 끝에 다시 뜨는 초생달이니까.

저녁에 대하여

낡은 구두 뒤축처럼 노곤한 몸이 한 방향으로 기울어진다. 아침에 세웠던 각角이 마모된 저녁은 넥타이를 느슨하게 풀어도 되는 시간, 스쳐보낸 것들을 차분히 매만진다. 생각의 올이 다 드러날 것 같아도 쉽사리 헤어나올 수 없다. 고갈된 에너지는 어디서 충전할까. 한낮의 게으름을 털어낸 고양이가 경계의 눈빛을 지피며 담을 건너뛴다.

말줄임표가 길게 점을 찍는, 피로가 어깨를 눌러도 안도를 담고 돌아가는 늦은 오후와 밤 사이쯤의 시공간. 낮과 밤을 가르는 노을은 잃어버린 용기와 믿음과 희망을 되찾는 시간이다. 이성이 땀 흘린 낮을 지나, 자신을 가다듬는 감성의 시간. 저녁은 타인의 세계에서 오롯이 나의 세계로 접어든다.

"됐다, 됐어. 그만하면 됐다."

노을빛 풍경이 상처 입은 하루를 다독인다. 내일 또다시 고개가 꺾일지라도 달려온 시간에 쉼표를 찍어야 새로운 음표를 그려낼 수 있듯, 내일의 태양을 기대하는 시간이다.

이삭줍기를 마친 이들에게 집은 숙소 그 이상이다. 설사 기형도의 슬픈 시, 「빈집」이라 해도 집은 세상을 버텨내는 공간, 마음의 뿌리다. 저녁을 잃어버린 삶은 불안하고 서럽다. 둥지를 잃어버린 새, 배고픈 길고양이, 종이 박스를 들고 쉴 곳을 찾는 노숙들에게 저녁은 쓸쓸한 시간이다.

서둘러 돌아가려는 듯 태양은 산 너머로 뚝 떨어진다. 그 짧은 순간, 참고 견딘 피곤과 허기가 몰려온다. 차창 너머 빌딩 사이로 내려앉는 노을은 산등성이로 떨어지던 허기진 노을과 달리 온몸을 달아오르게 한다. 모든 인위人爲는 노을빛에 묻힌다. 황홀의 극치다. 그 충만함 속에 내가 있다는 사실이 경이롭다.

저녁은 고개를 숙인다. 노을이 내려앉은 강가엔 바람을 입은 갈대가 고개를 숙이고, 밀레의 만종처럼 고개 숙인 가로등은 하나둘 저녁을 밝힌다. 하늘과 강이 한 호흡으로 물드는 시간, 금빛 풍경 속으로 서서히 어둠이 스며든다.

마지막 불꽃을 보여준 희열이 고조되는 순간, 시간은 멈추고 고여 있던 근심도 사라진다. 이곳에 존재한다는 것만으로도 축복이다. 왜 이 순간 눈물이 나는 것일까. 슬픔과 무관한, 울컥 떨쳐버릴 수 없는 그 무엇. 다시 모여드는 가족들, 마음이 붉다. 둘러앉아 시청하는 행복이 겹다.

도시는 고요히 불을 밝히고 창문은 호박등처럼 빛난다. 같은 해가 뜨고 지는 지루한 일상이지만 저녁은 매번 다르게 다가온다. 어둠 스며드는 쓸쓸함도 힘이 되는 저녁. 내일을 꿈꾸며 깃드는 저녁은 신이 내린 아름다운 선물이다.

눈빛

돌아보면 눈물이 날 것 같다. 오래도록 자리를 떠나지 않은 시선이 달라붙은 뒤가 뜨겁다. 말을 앞서는 눈빛. 그는 나를 말없이 읽고 나는 뒤통수로 그를 읽는다.

무슨 생각을 하는지, 무엇을 원하는지 눈을 들여다보면 보인다. 기쁘거나 우울하거나 슬픈 눈빛. 그러나 복잡한 속내를 다 읽어내기란 쉽지 않다.

"당신의 영혼을 알게 되면 그때, 눈동자를 그려줄게요."

대부분의 인물에 눈동자를 그려넣지 않았다는 모딜리아니가 말한 영혼이 과연 눈 속에 있는 것일까.

"내 눈을 똑바로 보고 말해!"

믿었던 사람의 흔들리는 눈빛이 불안해 다그친다.

의사의 손길이 닿는다. 무릎 세운 내 복부를 만지고, 양 옆구리를 조심스럽게 통통 친다. 눈빛과 눈빛이 잠시 얽혔다 풀어진다. 손길만큼이나 깊은 눈빛에 나는 두려움을 가라앉힌다.

굶주린 아이의 희미한 눈빛, 사랑하는 사람을 떠나보낸 고독한 눈빛, 사랑을 이룬 환희의 눈빛. 그러고 보면 눈빛은, 다른 색깔과 느낌을 지닌 마음의 지표다.

오늘 내게 달라붙은 수많은 눈빛, 수많은 감정들이 침대를 뒤척이게 한다.

세 개의 의자

두 줄을 꽉 움켜쥐었다. 숨을 깊이 들이마시는 순간, 그네는 힘겹게 앞으로 나아갔다가 뒤로 물러섰다. 두 발 사이 나를 앉힌 고모가 줄을 어깨보다 넓게 벌릴 때면 그네는 점점 더 공중으로 올라갔다. 하늘이 흔들리고 단오 무렵의 마을이 흔들렸다. 그네는 등받이가 없는 의자였다.

직립보행의 두 다리는 쉬 피로를 느낀다. 척추에 힘이 쏠릴수록 무게는 하체로 내려가고, 눈은 앉아 쉴 곳을 찾는다. 숨차게 달려오거나 꼬박 걸어온 발품이 바닥에 털썩 주저앉는 것도 이 때문이다. 무언가를 깔고 앉는 것이 편하고, 무엇엔가 기대는 것이 더 안락하다는 걸 깨달은 인간은, 차츰 의자의 형태를 생각했을 것이다. 두 발보다는 세 발이, 세 발보다는 네 발 의자가 훨씬 안정감이 있다는 것도. 높낮이는 어느 정도가 적당한

지, 어떤 재료가 좋은지, 어떤 용도로 쓰일지에 따라 다양하게 진화되었을 의자. 인체 공학에 맞춘 가구를 넘어 과학일 수밖에 없는 이유다.

눕는다는 말처럼 안락한 말은 없지만 앉는다는 말도 등을 기댄다는 행위를 포함하기에 편한 의미로 다가온다. 불안한 의자도 있다. 과거 독재국가에서 의자는 고문기구로도 쓰였다. 잠을 재우지 않고 딱딱한 의자에 앉혀놓음으로써 끔찍한 괴로움을 제공했던 것이다.

의자는 매력을 돋보이게 하는 배후가 되기도 한다. 미끈한 다리를 꼬고 앉은 뇌쇄적인 샤론 스톤은 섹시함을 부각시킨다. 그녀가 침대 위에 반라로 누워 있다고 가정해본다고 해도 그리 고혹하지는 않을 것 같다. 물론 침대도 의자 역할을 할 수 있다. 그러나 의자와는 분위기부터 다르다. 일어나 활동하기 위한 중간 쉼터, 그 작은 공간에서조차 인간은 자유자재로 포즈를 짓는다.

같은 의자만으로 구성된 사무실. 신분의 차별화가 해소될 수 있을까? 끊임없이 제 영역을 구분지으려 하고, 제 것을 치장하거나 신분상승을 꿈꾸는 인간의 성향은 그것을 별로 달가워하지 않을 것이다. 그리하여 좀 더 안락하고 좀 더 높은 자리를 선망하는 것이 아닌가.

일본 드라마 〈심야식당〉은, 신주쿠 빌딩 숲 뒷골목에서 밤부터 새벽까지의 일상을 보여준다. 작고 소박한 가게의 주 고객은 게이 바 사장, 스트리퍼, 야쿠자, 무명가수 등이다. 그들은 자신이 주문한 음식을 먹으며 첫사랑의 추억이라든가, 일상의 애환이라든가 그날의 에피소드를 섞는다. 음식에 곁들인 특별한 사연들이 그들을 친구처럼 자연스럽게 엮는다. 등받이 없는 그 의자가 정겨운 것은 같은 모양과 같은 크기에 앉은 쓸쓸한 마음들이 서로 얽히면서 훈훈해지기 때문이다. 그 의자엔 서열이나 직급이 개입하지 않는다.

인간의 편의를 위한 가구가 그렇듯 의자는 늘 묵묵하다. 체중이 실려도 불평이나 불만을 쏟아내지 않는 의자에게 직급이나 직함을 붙이는 것은 인간이다. 무심한 듯 귀만 열어놓는 〈심야식당〉의 마스터 '아베야로'에게서 나는 또 다른 의자를 본다. 언제든 찾아가고 싶은 의자, 이야기를 들어주며 고개만 끄덕여도 좋은 편안한 의자다.

세 개의 의자를 거실에 앉혀두었다. '소로'처럼 그들에게 나는 제각기 다른 이름을 붙여주었다. '고독'과 '우정'과 '사교'다. 가족들과 같이 있어도 혼자인 듯 느껴질 때 나는 고독에 등을 기댄 채 귀만 열어둔다. 친구와의 통화를 끝내고, 그의 고민을 떠올리며 우정에게 넌지시 말을 건넨다. "걱정마. 잘 될 테니까." 우정은 고개를 끄덕이듯 '삐그덕' 반응을 보인다. 모두 외출한 오후, 홀로 적적함을 죽이다가 사교에게 수작을 건넨다.

사교는 내게 넌지시 손을 내민다. 어느 때는 누가 고독이고 누가 우정이고 누가 사교인지 분간이 가지 않지만, 아무려면 어떤가. 셋의 이름은 모두 같은 장소에 모여 있지 않은가. 마치 일상의 들숨날숨이 함께 섞여 있듯. 고독은 스마트폰의 전원을 끄지 못하는 나를 바라보며 홀로 혀를 끌끌 찰 것이다. 우정은, 너무 낡았다고 자신을 다른 것으로 교체하지 않기를 은근히 바라고 있을지도 모른다. 사교는, 언제든 이런 날이 지속되기를 갈망하지 않을까.

생각해보면, 나를 받아준 최초의 의자는 무릎이었다. 그 건강한 무릎들이 삐걱거리기 시작하더니, 어느 날은 영영 곁을 떠났다. 등받이가 있는 푸근한 의자. 이제 나는 누구의 의자가 되어 고단한 이들을 받아줄 수 있을까.

아가위

가까이 하고 싶은 나무다. 초목의 군자도 아니고 큰 키를 자랑하지도 않는다. 풍요로운 그늘을 내려주지도 않는다. 자신의 가치를 알아주지 않는다 하여도 잡목들 틈에 끼여 일생을 조용히 살아가는 키 작은 은자隱者. 작은 체구로도 너끈히 시련을 견뎌내는 다부짐이 좋아 은연중 눈이 간다. 뒤늦게 찾아온 사랑처럼, 늦게야 눈에 들어온 사람처럼, 나를 은근히 매료시키는 나무다.

이름부터 살갑다. 작음을 뜻하는 '아가'와 열매를 뜻하는 '외'가 붙어 유래된 순수한 우리 이름. 산山에서 자라는 아침[旦]의 나무[木]라 하여 산사山査나무로도 부른다. '아침의 나무'에 '아가열매'라는 뜻이 보태져 사랑스럽기까지 하다.

언제부터인가 작은 것들이 마음에 들어오기 시작했다. 정확하게 말하자면 '작지만 큰 것'에 끌리게 된 것이다. 볼트와 너트처럼 없어서는 안 될 작은 부품들, 노트북과 유에스비 같은 작지만 대용량의 두뇌를 가진 것, 샘터의 표주박, 작은 새, 방울토마토나 대추같이 작아서 더 소중하고 가치 있는 것들이다. 미래는 작은 것들이 지배하는 세상이 될지도 모른다는 생각마저 든다.

늦은 봄, 우산살 모양으로 옹기종기 모인 작은 망울들이 일제히 제 몸을 여는 아가위. 산형화서繖形花序는 마치 5월의 신부가 하얀 면사포를 쓰고 신랑을 맞이하듯 아름다운 모습이어서, 치명적인 유혹과는 거리가 멀다. 청순할 뿐이다. 대체로 봄꽃은 산수유나 생강나무처럼 노랑 빛이지만, 아가위는 대부분의 여름 꽃처럼 하얗다. 그래서 '유일한 사랑'이라는 꽃말이 생겨난 것인지도 모른다. 시기적으로 봄에서 여름으로 넘어가는 길목이어서 그럴까, '희망'이라는 또 다른 꽃말이 반갑다.

예쁜 것에는 숨겨진 가시가 있다. 아가위도 그렇다. 청순한 꽃과 앙증맞은 열매만을 아는 이들에게 가시는 또 다른 매력이다. 작다고 얕보지 말라는 경고이거나 순함 속에 깃든 성깔이거나 자존심 같다. 포식자들이 함부로 접근할 수 없게 만드는 가시 덕분에 사악함을 물리치는 벽사辟邪의 도구로 쓰였다. 그래서 신대륙을 향하던 배 이름도 아가위를 상징한 메이플라워 호로 지었다. 가지를 옷에 꽂으면 벼락을 피할 수 있고, 집

안에 꽂으면 화를 면하고, 요람에 꽂으면 아기를 보호한다고 믿었다.

아가위의 결정적 아름다움은 열매다. 한 해 동안 견딘 인내의 결실은 붉디붉다. 모양은 꽃사과와 비슷하지만, 그것이 타원형인데 비해 아가위는 둥근 오각으로 핏빛에 가깝다. 아가위 붉은 열매는 사랑, 생명, 건강을 떠올리게 하고, 중년의 농도 짙은 원숙함을 연상시키기도 한다.

열매는 의외로 새콤하다. 오묘한 신맛이다. 과일이 맛있는 이유는 단맛을 가지고 있어서가 아니라 단맛과 신맛이 조화를 이루고 있기 때문이다. 인생도 단맛과 쓴맛만 있는 것이 아니었다. 쓴맛을 걸러낸 오랜 숙성에서 나오는 신맛은 깨달음의 맛이다.

호젓한 청계산 등산길에서 붉은 입술로 반길 때 가슴이 뛰었다. 처음엔 산사과인 줄 알았으나 유난히 붉은 빛깔에 사로잡혀 책을 찾아보고서야 아가위 열매라는 것을 알았다. 그렇게 나의 뒤늦은 아가위 사랑은 시작되었다.

아가위는 사랑의 증표가 유달리 크게 남아 있다. 사라진 꽃자리를 수줍게 여민 꽃사과와 달리 입을 크게 벌리고, 마치 '우리가 사랑한 증표를 여기에 찍어놓자' 소리치듯 선명한 배꼽이다. 아가위의 중심이 모두 그곳에 있는 듯하다. 제 모든 심혈을 응축한 거룩한 증거다.

그 붉은 열매를 나는 사랑이라 부른다. 나무에 주렴처럼 매달린 수많은 사랑. 때론 설익어서 떨떠름하고, 너무 익어 물컹거리기도 하는 것. 미움과 욕망으로 곪아터져 발에 밟히기도 하고, 어떤 때는 발뒤꿈치를 들어도 닿지 않는 애태우는 사랑이다가, 저만치서 약을 올리듯 해맑게 웃기도 하는 것.

한때 잘 생기고 예쁜 사랑에만 눈길을 주었다. 이제는 바닥에 떨어져 나뒹구는 파치난 사랑도 보이고, 나무에 매달려 겨우내 붉은 빛깔을 지키려는 안간힘의 사랑도 보인다. 뒤늦게야 주변을 돌아볼 줄 알게 해준 나무. 아가위나무를 좋아하는 이유다.

청순한 꽃이 좋아서, 재앙을 방지해주는 가시가 매력이어서, 갈수록 붉어지는 마음을 닮은 열매에 매혹되는 작지만 큰 나무. 사랑의 잔고가 바닥이 날 때면 나는 아가위처럼 붉게 익은 사랑을 다시 빈 마음에 채워넣을 것이다.

손

곧똑히 생각을 받치고 있는 저쪽이 클로즈업된다. 저 손은 지금 아득한 고민을 감당하고 있을까. 탁자의 찻잔은 이미 식은 듯하다. 문득, 생각을 괴었던 나의 손을 내려다본다. 손을 잡아준 따스함 덕분에 나는 고민을 내려놓은 적이 있다.

인간은 섬세한 손을 가졌다. 원숭이의 손이 인간과 닮았다지만, 세밀한 움직임은 따라올 수 없다. 원숭이의 두 손이 네 발의 일부라고 생각해볼 때, 온전히 손의 역할만 감당하는 인간의 그것과는 확연히 다를 수밖에 없다. 엄지가 짧아 다른 손가락 끝과 합칠 수 없는 것도 그 때문이다.

'외부의 뇌'로 불릴 만큼 뇌의 가장 큰 지배를 받는 운동기관이자 감각기관인 손. 먹이를 사냥하고, 무언가를 만들고, 온갖 감정을 표현하지만, 가만 살펴보면 손은 여러 의미를 집어올린다.

손은 내력이다. 사람을 만나면, 먼저 눈을 마주치고 얼굴부터 훑지만 맞잡은 감촉은 상대의 상태를 느낀다. 흘깃 바라본 손마디나 주름, 혹은 모양과 체온으로 직업은 물론 건강까지 추측할 수 있다. 언젠가 만났던 낯익은 그 손에 내심 얼마나 반가웠던가. 불현듯 경배의 입맞춤을 하고 싶어졌다. 저승꽃이 만발했던, 울퉁불퉁한 손마디에 지문마저 무뎌진 그 손은 잊히지 않는 뭉클한 손이다.

수상手相으로 길흉화복을 점치기도 한다. 손금은 애초 정해지기도 하지만 살아온 만큼 달라진 궤적이기도 하다. 생명의 길, 성공의 길, 감정의 길, 재물의 길, 손금과 지문은 시간 속에서 만들어진 수많은 길이다. 손가락 사이로 새어나가기도 하고, 어딘가로부터 다시 생겨난 작은 길들. 손이 예쁘다거나 밉다고 말하지만 손의 모습도 시간의 흐름에 따라 달라지는 것. 손을 보면 그 사람의 내력이 보이는 까닭이다.

눈높이 아래에 두고 내려다보는 손. 그 손을 보고 존경심이 생기는 것은 그 사람의 지나온 길을 존경함이다. 손이 한 일에 대한 존경이다. 고운 손만이 예쁜 게 아닌 것도 그 때문이다.

손은 예술이다. 오케스트라의 지휘자처럼 일상을 리드미컬하게 지휘한다. 글을 쓰고, 그림을 그리고, 조각을 하고, 악기를 다루는 등 단순한 기술을 넘어 아름다움을 전달한다.

피겨 여왕 김연아의 손짓은 몸짓의 결정 같아 숨죽이며 관람하는 사람들 입에서 절로 찬사를 쏟아내게 했다. 점프를 한 뒤 자연스럽게 공중으로 뻗은 손은 기도하듯, 나비의 날개짓이듯 아름다웠다. 천 개의 손이 있다 한들 한 쌍의 손동작을 따라갈 수 있을까. 몸동작과 어울린 손은, 따로 떼어놓은 천 개의 손과 엄연히 다르다. 김연아가 가산점을 받은 것은 손과 표정의 자연스런 어울림이 빚어낸 예술성 덕분이었다. 스케이트 부츠에 갇힌 발과 발목이 점프와 착지의 하중을 이겨내고, 때로는 부상을 견디면서 만들어낸 열정의 기운이 손끝으로 모아져 예술의 꽃으로 피어난 것이다. 발레리나의 무수한 발동작이 결국 손으로 모아지는 것과 같은 이치다.

손은 공간언어다. 수화통역사의 절도 있는 손동작은 작은 공간에서 이루어지는 간결한 언어다. 기자의 보도를 재빨리 전달하려다보니 표정은 심각하지만 손동작은 마침표와 쉼표를 정확하게 짚는다. 좁은 공간에서도 최대한 의미를 전달해야만 하기 때문에 흐름이 길지 않고 동작이 크지도 않다.

언젠가 목격한 남녀의 수화는 시끄러운 대화였다. 손동작은 반경이 컸고, 빨랐고, 표정은 화가 난 듯 찌푸리거나 상기되어 있었다. 그들의 동작에 슬며시 말소리를 입혀보면서, 다시는 그 둘의 만남이 이어지지 않을 것임을 확신했다. 우리가 말로 서로에게 상처를 입히듯 그들의 손은 서로를 공격하고 있었다.

재빨리 바람을 가르는 그들의 손은 거침없는 입이었다.

손버릇으로 곤혹을 치른 적이 있었다. 상대의 면전으로 튀어 나간 권총 모양의 손짓이 삿대질로 오인되었다. 오랜 군 생활에 익숙한 손동작이었다.

"여긴 군대가 아니잖아, 손버릇 좀 고쳐!"

불쾌해진 상대가 고함으로 되받아쳤을 때 아차, 싶었다.

손은 무기다. 주먹을 쥔 손은 공격적이고 주먹을 편 손은 개방적이다. 주먹을 상대의 면전에 들이대거나 몸을 가격할 때는 무기로 변한다. 움켜쥔 주먹은 결연한 의지이며 분노이며 저항이다. 기분 나쁘다고 휘두른 주먹은 법의 심판을 받아야 하고 누군가를 지켜준 주먹은 선의의 방어무기다. 불화했던 누군가와 화해하고 싶다면 주먹 쥔 손을 펴서 상대에게 내밀어야 한다. 만난 손과 손은 사교이자 화해다.

이렇듯 손은 내 감정과 상대방의 감정을 나타내는 신체의 온도계다. 지나치면 무례가 되고 치한으로 오해받는다. 손은 뇌의 하수下手지만, 잘 쓰면 약이고, 함부로 쓰면 독이 된다. 부드러운 손길은 애정으로 이어지지만, 희롱은 폭력이 된다. 김정남을 독살한 무기는 독극물을 바른 손이었다. 단 한번 얼굴을 비볐을 뿐인데 죽음을 부른 것이다. 아무 데서나 담배를 쥔 손은 불특정다수의 건강을 해치고, 악성 댓글을 다는 악플러의 손은 치명적인 무기다.

손은 표정이다. 악수는 우호, 박수는 칭찬과 격려의 표시다. 두 손을 비비면 비굴한 아부가 된다. '손이 발이 되도록 빈다'는 말은 큰 죄를 진 것에 대한 용서를 비는 행위다. '손들어!' 명령하는 것은 저항하지 말라는 메시지이고, 전투 중 포로들이 두 손을 머리 위로 번쩍 치켜올리는 것은 항복의 뜻이다. 치켜올린 엄지는 상대를 웃게 만들고, 세운 중지로 상대를 가리키면 욕이 되고, 손바닥을 상대에게 흔들면 반가움이 된다.

손은 마음이다. 마음 가는 곳에 손이 따라간다. 말하기 곤란한 어렵고 미묘한 상황에서 손은 풍부한 어휘력을 발휘한다. '괜찮아?' 묻지 않아도 손이 먼저 상대의 손이나 이마에 얹어질 때 마음은 충분히 전달된다.

두서너 달에 한번꼴로 아이들이 부대를 찾아왔다. 모처럼 전방 골짜기가 환해지던 그때, 막 여드름이 나기 시작한 아들과 딸에게 해줄 말이 많았지만 무슨 말부터 해야 할지, 혹여 마음이라도 상하게 할까 싶어 조심스러웠다. 잠자리에서 말없이 아들의 손을 잡아주거나 딸의 손을 토닥여주는 것이 고작이었지만 손을 통한 마음과 마음은 훈훈했다.

'손을 한번 바라보자'던 몽테뉴. 그는 손이 어떻게 약속하고 맹세하고 간청하고 위협하고 저주하고 가리키는지에 대하여 말한 바 있다. 그의 말대로 손이 어떻게 기뻐하고 물어보고 놀리고 고백하고 아첨하고 명령하고 비웃는지, 확인하듯 나는 손을 들여다본다. 나이 마흔을 넘기면 얼굴에 책임을 져야하듯, 손에 대한 책임도 져야 한다고 믿는다.

팔목 아래의 작은 지체. 눈에 종속된 도구라 할지라도 손은 위대하다. '오른손이 한 일을 왼손이 모르게 하라'는 말씀도 있지만, 같은 몸에 붙어 있는 손이라도 그것의 쓰임은 어느 일을 담당하느냐에 따라 가치가 달라진다. 밥을 먹는 손과 볼일을 해결하는 손. 하지만 손은 결국 홀로가 아닌 함께 해야 빛나는 것. 박수가 그렇고 포옹이 그렇다. 쓰다듬거나 만지거나, 손은 결국 실천하는 마음의 도구가 아닌가.

잎이거나, 꽃이거나

구름 한 점 없는 유월, 나들이 종착지는 식물원. 야생초를 닮은 이가 가꾸어놓은 하늘나리, 창포, 금낭화, 산수국, 수련이 만개한 채 반기고 있었다.

운전연습을 마친 딸과 신록을 따라 천천히 걷고 있을 때, 문득 환해지는 곳이 있었다. 꽃잎으로 뒤덮인 나무가 흰 양산을 받치고 있는 산딸나무. 바람이 스칠 때면 나비가 되어 팔랑거리는 네 장의 꽃은 잎이 변형된 것. 꽃받침 중앙의 녹색 꽃송이로는 벌과 나비를 유혹하기에는 역부족이었을까, 잎을 환한 꽃잎으로 바꾸어놓고 있었다. 그동안 가꾼 자신만의 그 무엇이 어느 날 환하게 핀 것일까. 별로 눈에 띄지 않던 이가 근사한 모습으로 나타나듯, 산딸나무는 무심히 지나치는 우리를 단번에 잡아끌었다.

"아빠, 이 잎은 꽃처럼 예쁘다!"

조금 전 주차장에서의 가벼운 접촉사고도 잊은 채 딸이 환하게 웃었다. 꽃도 아닌 것이, 그렇다고 잎이라고 단정지을 수도 없는 것이 묘한 빛을 담고 있었다. 연분홍과 흰색의 새순이 꽃 같았다. 자세히 들여다보니 분명 잎이었다. 그러나 꽃보다 더 예쁘고 매력적인 잎. 꽃만이 꽃이 아님을 알아차린 딸이 대견스러웠다. 봄에는 오색이던 것이 여름엔 녹색으로 변하고 겨울에는 붉은 줄기만 남는다는 오색버들나무. 조금 전에 본 산딸나무처럼 무늬버들의 생태에 대해서 딸은 신기한 듯 내 설명에 귀를 기울였다.

돌이켜보면, 꽃이라고 생각한 것이 지금에는 잎일 수 있고, 잎이라고 생각한 것이 꽃이었을 수도 있다. 잎이면 어떻고 꽃이면 어떠냐고 넘겨버릴 수도 있지만 분명 잎과 꽃의 시절은 다르다. 생육과 번성은 꽃의 실체가 있어야 가능한 일. 꽃은 식물의 절정이다.

인생에도 절정은 있다. 장미처럼 화사하든, 산국처럼 조촐하든. 그 시기가 언제였는지 인식하는 일은 쉽지 않다. 마치 흰 십자가 모양의 네 잎이 산딸나무의 꽃인지, 잎인지 구분할 수 없듯. 무늬버들의 새순이 꽃인지 잎인지 헷갈리듯. 훗날 열매를 보고서야 비로소 진위가 밝혀진다.

'내 인생의 절정은 아직 오지 않았다'던 어느 노시인에게 나이는 중요해보이지 않았다. 일흔을 넘긴 그의 말엔 오늘에 대한 자신감과 남은 생에 대한 기대감이 배어 있었다. '가장 좋은 때'가 아직 오지 않았다는 젊은 생각이 나른한 나를 깨웠다. 내 생은 어느 때가 절정이었는지, 과연 꽃을 피우기나 했는지, 희미한 내게 그는 먼 봄날을 상기시켜주었다.

병사들과 똑같이 완전군장을 하고 숨 가쁘게 뛰던 소대장 시절, 군장 없이 지휘하는 중대장이 부러웠다. 그러나 중대장이 되고 보니 그 고달픔이 권총을 찬 영관급 장교쯤은 돼야 해결될 것 같았다. 하지만 영관 장교가 되고 나서도 만족은 없었다. 대대장, 아니 연대장도, 더 나아가 장군은 되어야 좋아질 것 같았다. 그렇게 꿈꾸던 '봄날'은 자꾸만 확대재생산되어 갔다. 삶에 대한 확신이 없었던 탓이었다. 머물기 바랐던 기쁨의 순간보다 현재의 어려움이 빨리 지나가기만 바랄 뿐이었으니까. 정점을 찍지 못했다는 아쉬움과 함께 시간은 그렇게 흘러갔다.

행복을 꿈꾸지만 그 행복에 익숙하지 못하다. 나를 잘 알 것 같지만 실상은 모르고 지나치기 십상이다. 눈에 보이지 않고 손에 잡히지 않는 순간에서 절정을 어떻게 간파하고 느끼겠는가. 대나무는 칠십 년에 한번, 용설란은 백 년에 한번 꽃을 피운다. 길게 살아야 백 년인 인생에서 과연 우리는 언제쯤 꽃을 피우겠는가. 꽃봉오리도 맺지 못하고 저버렸다고 말할 수도 있는 시간. 그러나 본인만 느끼지 못할 뿐 분명 자신을 꽃피울 기회는 주어졌을 것이다.

좋은 날이 있을 거야. 꽃피울 날이 올 거야, 최면을 걸고 달려온 시간들. 그때는 잎이라 생각했던 것이 돌이켜보니 꽃이었다. '그때'가 내가 꿈꾸던 '바로 그때'라는 인식을 미처 하지 못했을 뿐이다. 바람은 지나간 뒤에 느껴지듯 그때가 봄날이었다는 것을 아는 순간, 봄은 이미 저만큼 물러났다. 떠난 봄을 추억한다. 그 추억 또한 기쁨이라는 걸 뒤늦게야 깨닫는다. 청춘도 사랑도 곱씹는 맛이 매번 다르다. 삶은 뒤돌아 봐야만 이해될 수 있다.

발

"발목 잡힌 정부, 야당의 반발이 만만치 않다."

뉴스가 발목을 잡는다. 소파에 앉아 무심히 발을 내려다본다. 지금 나의 걸음을 막은 것은 나의 발목, 그렇다면 내 발목을 잡은 것은 누구인가. 맨발이 멀뚱멀뚱 올려다본다.

"고생이 많다."

굽은 발가락이 대답이라도 하듯 꼼지락거린다.

왜 나는 매일 거울을 들여다보면서 이 발에는 무심했을까. 나를 온전히 받쳐준 든든한 바닥.

발은 주춧돌이다. 몸의 끝자락에서 나를 지탱해준다. 수많은 뼈와 관절, 근육과 인대, 혈관으로 이루어진 정교한 구조다. 발바닥에는 인체의 각 기관과 상응하는 반사구가 밀집되어 있다. 자극을 주면 피돌기가 좋아지고 통증이 가라앉아 스트레스가 해소된다. 사람들이 발 마사지를 즐기는 이유다. 오장육부와 연관된 전신의 축소판이자 혈의 집결지인 발은 밑바닥이 아니라 우리 몸의 중심이다. 움직이는 순간, 경이롭게 반응하는 그것으로 평생 지구를 네 바퀴 반이나 걷는다. 그러나 발은 수인囚人처럼 신발에 갇혀 지낸다.

아담과 하와는 맨발이었다. 일평생 죄를 신고 다녀야 했더라도 에덴 이후의 발자취는 그들로부터 시작되었다. 족적이다. 누군가는 그것을 남긴다 하고 누군가는 길을 연다고도 한다. 나도 아담과 하와처럼 맨발의 자유를 즐긴다. 비 온 뒤 촉촉한 땅이나 고운 모래 위를 걸을 때면 즐거움은 배가된다. 머리가 아닌 발로 나를 느끼고 싶을 때, 행선行禪하는 순례자가 되는 것이다. 발바닥에 와 닿는 감촉은 쾌감을 느낄 만큼 매혹적이다. 숨통 트인 발이 베푸는 만족이다.

여자들은 노출에 좀 더 자유롭다. 맨발의 자유는 매력으로 다가와서, 샌들에 드러난 발은 은밀한 유혹이다. 매니큐어를 바르거나 좀 더 다양하게 표현하는 자신감으로 호기심을 불러세운다. 양말과 신발에 갇혀야 했던 억눌린 발의 '자유선언'을 보는 것 같다.

여성들에게 여름 패션의 완성은 발이다. 샌들 끈은 발의 구속이 아닌 형식. 굵기라든가 꼬아놓은 모양이나 색깔에 따라 멋이 달라진다. 빨강 혹은 파란 매니큐어로 마침표를 찍으면 섹시한 멋이 드러난다. 인간 최초의 성감대는 발이었다는 말이 맞다. 이불 속에서 부비는 발장난이 사랑의 극치라는 말도 이해가 된다.

발은 "신이 만든 최대의 걸작이며 예술품"이라고 극찬한 다빈치의 말에 공감한다. 작은 발이 해내는 놀라운 역할을 생각하면 당연한 말이기도 하다. 인체에 대한 그의 생리학적 식견뿐만 아니라, 삶이 다하는 날까지 묵언으로 그려내는 생의 족적도足跡圖에 대한 예찬인지도 모른다. 발이 주목받는 여름, 여성들의 발찌는 패션의 아이템이다. 맨발의 부끄러움을 넘어서 당당하게 드러내는 자신감, 혹은 발의 노고에 대한 보상이다.

인간은 두 발로 걷는 덕분에 손을 마음대로 쓸 수 있게 되었다. 동물과 구별되는 손의 역할로 도구를 만들고 세상을 지배해왔다. 그것은 몸의 무게를 무시로 감당해내는 발이 있어 가능한 일이다. 머리와 발의 상하 대칭구조는 직립보행의 산물이다. 머리가 위를 쳐다보며 끊임없이 이상과 야망과 권위를 키울 때, 발은 바닥에 순응하며 현실의 공간에서 머리의 하수인으로 발품을 판다. 모두의 관심은 머리에 있고 발은 숨김의 대상이다. 그럼에도 발은 불평하지 않는다. 발의 확고한 믿음은 디딜 땅이 있어서다.

보병은 발로 전쟁을 치른다. 땅을 차시하는 것만큼 확실한 승리는 없다. 도보로 임무를 완결하는 그들처럼, 밟아본 것만

믿기 때문에 결코 헛걸음은 있을 수 없는 발이다. 확실한 징표가 있기에 발은 말을 앞세우지 않고 침묵할 수 있다.

머리가 하늘이면 발은 땅이다. 머리가 동해라면 발은 서해다. 머리가 아버지라면 발은 어머니다. 허공의 발품은 없지만 지상의 발품은 있다. 깊은 바다의 발품은 없어도 얕은 바다의 발품은 있다. 아비의 허망虛妄보다 어미의 발품이 있으므로 우리는 살아가고 있다. 유명 축구선수의 몸값은 바로 발품값이듯, 발과 발품은 떨어져 생각할 수 없기에 가능한 상상이다. 역사는 하늘을 섬기는 머리가 아니라 땅을 섬기는 발의 기록이다.

순종을 미덕으로 알던 발도 반기를 들 때가 있다. 아니, 하소연이라고 해야 맞을 것이다. 군화를 오래 신었던 군 생활 동안에는 무좀으로 괴로웠다. 흔히 있는 일이어서 견뎠지만, 몇 해 전에는 엄지발톱 한쪽 끝이 가시가 되어 피부를 파고들었다. 최근엔 발가락 사이에 티눈이 생겨 병원에 다녀왔다. 액체 질소로 냉동치료 중이다. 발이 반기를 드는 것은 모두 내 탓이다. 발을 함부로 부린 경고성이다.

눈에서 멀리 있어서일까. 내 몸이 아닌 듯 무심히 대했던 발이 말을 한다면, 믿는 도끼에 발등 찍혔다고 하지 않았을까. 신세타령이라도 할 것 같다.

“두 다리 쭉 펴고 살도록 더러운 물에서 발을 빼주고, 발등에 불 떨어진 화급에도 발바닥 불이 나도록 발 벗고 나서주고, 발

뻔하는 빤한 거짓도 모른 척 눈감아주었건만, 발꿈치 때만큼도 여기지 않다니."

요즘 들어 자주 레드카드를 꺼내드는 발. 기울어진 구두 뒤축이 균형을 잃게 만든다. 발목을 비틀고, 뒤꿈치를 깨물고, 물집을 만들어 나를 절룩거리게 한다. 인내심이 미덕이라고 해도 한계가 있는 모양이다. 그러나 발은, 몸의 지체. 몸통에 불만이 있다 해서 자주독립을 선언할 수는 없다. 밑바닥에서 내는 신음에 귀 기울이고 배려해야 하는 이유다.

내 발목을 잡은 것은 그 누구도 아닌 나였다. 하대下待하고 혹사시킨 나 자신이었던 것. 아킬레스 건처럼 치명적인 약점으로 40년지기에게 발목 잡힌 무너진 권좌權座도 보지 않는가.

유쾌한 사물들

걸음을 잡은 채 올려다보는 물웅덩이는 어제의 비는 잊었다는 듯 말간 하늘을 그대로 비추고 있다. 숲과 천변을 끼고 걷는 산책길, 처음 보는 것처럼 표정을 바꾸는 사물들이 생각을 키운다.

물웅덩이는 맑은 날의 거울이다. 표정을 내려다볼 수는 없었지만 나의 소요는 감출 수 있다. 던진 돌에 잠시 시끄럽다가 다시 제자리를 찾아가는 웅덩이나 우물은 제 스스로 추스르거나 정화한 거울이다.

거울은 대상이 누구든 거부하지 않지만, 움켜쥐거나 제 안에 담아두지도 않는다. 그대로 되돌린다. 대상의 의도에 따라 붙잡거나 놓아준다. 보이는 대로 반사하기에 당황스럽기도 하다. 감추려고 해도 감출 수 없는 표정. 옆모습 뒷모습을 비춰보고 입가에 억지웃음을 만들어보는 포장도 다 들춰낸다. 흰 치열이 드러나면 경쾌하지만, 강제로 만든 웃음은 어색하다.

연못에 비친 자신에게 반한 나르키소스가 만약 거울을 들여다봤다면 과연 자신의 모습에 그토록 반할 수 있었을까? 숨기고 싶은 것을 감춘 물의 파장은 실제를 과장한 것 아닐까. 묻어둔 진실에 그럴듯해진 이미지다.

거장 렘브란트라 할지라도 거울 없이 자화상을 완성하지 못했을 것이다. 거울은 반대편에 수은을 입힌 쪽은 불투명하지만, 내 쪽은 잘 보인다. 투명한 유리에 바깥이 보이지만, 그건 내가 바라본 사물의 거울. 나는 나를 풍경에 이입해 감정을 조절할 것이다. 그러나 바깥에 취해 나를 세밀히 들여다보지는 못할 것이다.

"아이들이 자라서 어른이 되면 그들에게 깃든 하늘은 사라져 버린다. 그들은 어린아이의 천진한 세계에서 떨어져 나와 건조하고 계산적인 존재로 변하고 지루한 어른의 시각을 가지게 된다."

'로베르트 발저'의 말대로 나의 하늘은 얼마나 멀었던가. 웅덩이에 들어앉은 하늘이 환하게 비추자 마음도 따라 밝아진 나는 잠깐 흔들리다가 고요 속으로 빠져든다.

일렬의 개미가 길을 떠메고 간다. 지구상 개체수가 가장 많은 동물이다. 자기 몸의 다섯 배나 되는 씨앗을 거뜬히 들어올리는 거장이다. 작은 몸짓들의 위대한 사역에 문득 무리지은 것들이 해낼 수 없는 것들이 과연 있기나 한지, 거대한 힘이 전해온다. 흘린 빵 부스러기를 옮기던 새까만 개미 떼를 내려다보며 혀를 찼다. 징그럽기도 했고 경이롭기도 했다. 지구를 번쩍 들어올릴 것 같은 무리의 기세에 전율을 느꼈다.

지구본이 왜 기우뚱한지 궁금했던 나는 지구를 내 힘으로 들어올리고 싶었다. 대서양도 태평양도 내 손에서 흐르고 여섯 대륙이 내 가슴에서 뛰놀 것 같았다. 땅 끝까지 걸어가면 낭떠러지로 뚝 떨어질 것 같았던 유년도 이제는 둥근 지구본에서 웃음으로 돈다.

저 개미들에게 지구는 제아무리 가도 갈 수 없는 세상이지만, 따지고 보면 나도 한 마리의 개미처럼 까만 점에 불과하다. 수십 년 거실 협탁을 떠나지 않은 지구본을 보며 지구를 떠메고 싶었듯 개미는 이 길을 떠메고 가고 싶을지도 모른다.

꿈틀거리는 지렁이는 어떤가. 나의 침입에 잠시 주춤거렸지만, 어느 순간 필사적으로 지구를 횡단하고 있다. 사람들이 빈번한 길이어서 압사당하기 십상이다. 손에 쥔 스틱으로 그것을 툭툭 건드렸다. 바짝 긴장한 그것을 들어올려 길 옆 숲으로 던졌다.

"잘 가라."

만족한 웃음을 지을 때 지나던 누군가 참견을 한다.

"기절했을 것 같은데요."

지렁이는 대서양에서 태평양으로 불쑥 던져진 느낌이었을까. 빠르게 지구본을 돌리던 내가 잠시 어지럼증이 일었듯 지렁이도 지구가 핑그르르 도는 것 같았을 것이다.

한 그루 그늘이 벤치에 내려앉은 쉼터. 그냥 지나칠 수 없다. 모자를 벗어 옆에 놓고 바람을 듣는다. 툭, 한 생이 모자로 떨어진다. 파르르 날개를 떨다가 조용해진다. 스스로 땅속에 들어가 칠 년의 어둠을 보내고 나와 한철 살고 가는 것들. 매미에게 한철은 일생이다. 단 한번의 사랑을 찾는 길고 치열한 울음. 우화羽化의 꿈은 결국 날개를 주고 한철 그렇게 절정을 살다가는 것이다.

반환점이다. 징검다리를 건너갔다가 돌아오기만 하면 산책은 절반쯤 이루어지는 것이다. 징검돌은 단숨에 한 발로 한 칸을 딛지 못한다. 왼발을 디딘 후 바로 오른발을 나란히 놓아야만 한다. 성큼성큼 가는 길은 없다. 인내를 가르치고 쉼표를 알려준다. 돌과 돌 사이가 가깝지도 않고 아주 멀지도 않다. 마치 생각하며 천천히 건너가라는 의미가 깃든 듯하다. 누구의 지혜일까. 징검돌을 매번 건너가고 돌아올 때마다 드는 궁금증이다.

주로 엘리베이터로 오르내리지만, 일부러 계단을 딛는 사람도 있다. 계단은 일정한 간격과 규격 탓에 감정 없는 건조한 사람을 만난 것 같다. 무릎으로 전해오는 딱딱함은 기계적이다.

저택의 넓은 공간은 가파른 회전계단을 만들기도 하지만, 둥글게 오르내리는 계단은 주눅들게 한다. 마치 높은 사람을 만나러 가는 과정 같아서, 가는 동안에 절반이나 힘이 빠진다. 가면무도회가 열린 서양의 연회장을 연상하지만, 현실은 좁은 계단을 오르내리며 무미건조함을 선물받기 일쑤다.

반환점을 돈다. 갈 때 보지 못했던 것들이 보이기 시작한다. 앞만 보였던 것들의 뒷모습을 보는 것 같다. 마치 거울에 내 뒷모습을 살피는 것 같다. 어느 날부터인가 지난 발자취를 보기 시작하고 후회나 아쉬움을 떠올린다면, 그건 삶의 반환점을 한참 돌았다는 뜻이기도 하다. 하지만 아쉬움만 있을까, 아름답고 그리운 추억도 함께 있는 것을.

언제 피었을까, 너른 잎사귀 뒤에 숨은 자줏빛 꽃이 환하다. 허공이라도 움켜쥘 듯 질기고 억척스런 넝쿨이 향기 진한 꽃을 피워냈다. 영역의 경계를 무시한 넝쿨은 슬금슬금 길을 점령하고도 모른 척 능청을 떤다. 밟히거나 낫질에 베어지거나 이미 각오한 무한질주의 확장력이다. 보랏빛 얼굴 뒤에 숨은 욕망이다.

지게에 얹은 바소쿠리엔 칡넝쿨이 가득 담겨 있었다. 그것을 여물통에 넣어주면 소는 졸린 눈을 껌벅이며 다가왔다. 칡과 소는 끈질기고 강인한 점에서 닮았다. 배고팠던 시절 사람도 소도 좋아했던 칡이다. 한여름, 소에게 풀을 먹이고 바소쿠리 가득 꼴을 베어오는 일은 내 몫이었다.

"집안에 여물통을 들여놓다니!"

푸념에도 개의치 않는다. 순전히 향수 탓이다. 양팔을 벌린 길이에 한 아름 둘레의 크기 속엔 되새김질해야 할 책이 가득 차 있다. 누워 있는 서가다. 나는 그것들을 일 년 내내 반추해야만 한다. 그곳에 저 칡꽃을 넣어주면 좋으련만. 그러나 생각뿐, 잠깐의 만족을 위해 목을 꺾을 수는 없다.

매일 달라지는 사물과 풍경을 왜 자주 알아채지 못했을까. 발걸음을 따라 무언가를 속삭이는 천사들의 말을 왜 알아듣지 못할까? 그날이 그날 같은 지루함은 사물을 골똘히 들여다보거나 눈을 마주치지 않은 때문이다. 제도와 격식과 인위를 벗어난 산책길, 사물을 바라보는 마음이 무심한 것은 내가 건조했던 것. 감정에 따라 사물이 달라지기도 하지만, 때로 그들로 인해 하루가 밝아진다.

해설

차이들의 화학반응

— 최장순 수필집 『유쾌한 사물들』 읽기

오민석/ 문학평론가·단국대 교수

I

발터 벤야민W. Benjamin은 『일방통행로』에서 다음과 같이 말한다. "사물들에서 온기가 사라져가고 있다. 일상적으로 사용되는 물건들이 인간을 가만히, 그러나 단호히 뿌리치고 있다." 먼 고대로부터 자본주의적 근대 이전까지 사물들은 항상 인간의 지배하에 있었다. 더 정확히 말하자면, 사물들은 인간과 지배-피지배가 아니라 행복한 대화적 관계, '인간적' 관계에 있었다. 인간과 인간적 관계에 있었던 사물들에는 인간의 "온기"뿐만 아니라, 슬픔과 고뇌, 사랑, 추억, 분노 등 모든 정동情動affect들이 스며 있었다. 날이 다 닳은 쟁기나 호미는 그대로 고된 노동의 거울이었고, 손때 묻은 가방은 내밀한 개인사의 기록이었다. 인간들은 사물들에 압도당하지 않았으며, 사물들은 오로지 사용가치use value만으로도 충분히 존재감을 가지고 있었다. “일상적으로 사용되는 물건들이 인간을 가만히, 그러나 단호히 뿌리치”기 시작한 것은 사물이 ‘상품’으로 바뀌면서 시작되었다.

벤야민은 이런 현상을 물건들의 “은밀한 저항”이라고 불렀는데, 이것은 사물들이 자본주의적 교환가치exchange value의 지배를 받으면서 생긴 현상이다. 사물들의 상품가치, 즉 교환가치가 전경화前景化되면서 사람들 사이의 관계도 교환가치의 지배하에 들어가기 시작하였다. 벤야민이 말하는바, 일상적으로 사용되는 물건들이 인간을 뿌리치기 시작했다는 것은 바로 이런 의미이다. 사물이 인간과 인간적 감응을 주고받는 것이 아니라 자신들의 교환가치를 거꾸로 인간에게 덧씌우는 이런 현상을 게오르그 루카치G.Lukács는 “물화物化 reification”라고 하였다. 이제 인간은 사물들과의 인간적 관계를 거부당했을 뿐만 아니라, 다른 인간들과의 인간적 관계조차도 박탈당하게 되었다.

최장순의 에세이가 시작되는 지점이 바로 여기이다. 최장순은 교환가치의 제국에 갇혀 있던 사물들을 호출하여 그것에 다시 인간의 입김을 불어넣는다. 그렇게 해서 상품의 세계로 넘어가 있던 수많은 사물들이 다시 인간의 품으로 돌아온다. 그가 사물들을 소환하는 방식은 어찌 보면 간단하다. 그것은 바로 사물들을 ‘사랑’하는 것이다. 우리가 볼 때 그는 단 한번도 사물들을 떠나보낸 적이 없으며, 그의 사물들 역시 그를 뿌리친 적이 없다. 사물들이 그에게 "은밀한 저항"을 하지 않는 것은 그가 사물들을 교환가치로 대하지 않기 때문이다. 그러므로 사물들이 교환가치의 제국에서 인간의 나라로 넘어오는 것은 실제로는 작가 최장순의 세계에서 일어나는 것이 아니라, 물화된 독자들의 세계에서 일어난다. 이런 점에서 그는 사물들이 교환가치의 식민지에 갇히기 훨씬 이전에 그것들을 인간의 왕국에 미리 옮겨놓고, 보호하고 지켜온 예외적 존재이다. 그는 오래전부터 사물들과 '연애'하였으며, 그 연애의 깊이 때문에 물신物神의 용병들은 그와 사물들을 떼어놓을 수 없었다. 물화된 세계 속의 물화된 주체들이 볼 때, 이것은 매우 신비롭고 희귀한 사건이 아닐 수 없다.

그러므로 『유쾌한 사물들』 속에서 우리가 만나는 것은 물신의 노예였던 사물들이 아니라, 인간의 정동과 정감을 고스란히 보유하고 있으며 그것을 한번도 잃어버린 적이 없는, '인간화된' 사물들이다. 최장순의 세계에서 인간 주체와 사물들은 서로 '사랑'하므로, 위계가 필요 없다. 그것들은 지배와 저항이 아니라 소통과 환대와 공감의 관계 속에 있다. 그러므로 그가 한 에세이에서 안경, 스마트폰, 가방 등의 사물들을 일컬어 "나를 소지한 것들"이라고 칭했을 때, 우리는 인간에 대한 사물의 지배를 발견하는 것이 아니라, 자신의 주체성을 사물들에게 양보

하는 '착한' 주체를 본다. 사물들 역시 그 '착함'을 이용해 인간을 지배하려하지 않으므로, 이 관계에서 사실상 누가 소유의 주체인지 대상인지는 아무런 문제가 되지 않는다. 그에게 사물들이 "유쾌"할 수 있는 이유는 사람과 사물이 이렇게 '소유'와 그에 토대한 (자본주의적) '교환' 관계로부터 자유롭기 때문이다.

II

최장순에게 있어서 사물은 인간의 내러티브가 기록되는 텍스트이다. 사물은 그의 감각기관이 닿는 순간 '무의미'에서 '의미'의 존재로 전화된다. "공구함을 연다. 손때 묻은 공구들이 일제히 눈을 맞춘다"(「공구학 개론」)는 문장이 이것을 보여준다. 공구에 "손때"가 묻어 있지 않을 때 그것은 아무런 의미를 가지고 있지 않으므로 텍스트가 아니다. 그것은 죽은 물질일 뿐이며, 손때를 통해 텍스트로 전화되기를 기다리는 비非의미의 프리텍스트pre-text이다. 인간의 손길은 죽은 사물을 의미로 살려낸다. 텍스트화된 사물들은 인간의 내러티브가 가득 찬 의미의 창고이다. 그것을 열 때 그것은 자신을 여는 주체와 "일제히 눈을 맞춘다". 그것은 마치 명명naming을 통해 존재화를 기다리는 비非존재들 같다. 사물을 여는 주체에 의해 사물의 창고 안에 있는 단어와 문장들은 비로소 살아 움직이며 재배열된다. 사물

안에 축적된 수많은 문장들은 사람-주체가 그것을 소환하기 전에는 연결되지 않는 단어들로 이루어진 '혼란체混亂體'이다. 공구함을 여는 주체에 의해 사물-텍스트 안의 혼란스런 기록들은 새로운 내러티브의 옷을 입는다. 어떤 문장은 버려지고, 어떤 단어들은 선택되며, 어떤 문장은 주체가 선택한 접속사와 함께 다른 문장에 연결된다.

「공구학 개론」은 이런 과정을 잘 보여준다. "톱과 줄"에서 최장순은 톱의 강력한 공격성을 다루는 줄의 부드러운 힘을 읽어낸다. "톱과 줄이 천적으로 보이지만, 엄밀히 말하면 줄은 톱을 연마하기 위한 조력자"라는 코드에 의해, 주체와 눈을 맞추던 사물들은 무정형의 존재에서 특정한 성향을 가진 존재로 전화된다. 사물에 대해 글을 쓴다는 것은 결국 이렇게 주체의 코드로 사물의 코드를 재코드화recoding하는 것이다. 톱과 줄의 관계에서 작가는 "생각해보니 나를 엄하게 꾸짖거나 힘들게 훈련시킨 이는 나를 숙성시키기 위한 스승이었다"는 통찰을 얻어내는데, 이런 성찰은 자신이 재조직한 사물들의 문법에 자신의 삶을 재투사再投射함으로써 생산된 것이다. 이런 과정을 통해 주체의 코드와 사물의 코드는 서로 일치하게 된다. "망치와 드라이버"에서는 망치의 남성성, 가부장적 권위, 타격 중심의 힘과 드라이버의 약력, 정교하고도 다양한 "우회기술"을 대조시킨다. 이런 과정을 통해 망치와 드라이버는 물성物性을 버리고 인성人性을 갖게 된다. 이 글의 마지막 문장은 "공구학은 인간학"이라는 결론으로 끝나는데, 이것이야말로 최장순이 사물을 전유하는 방식의 고백이 아니고 무엇인가. 그에게 있어서 모든 사물에 대한 탐구는 결국 인간에 대한 탐구이기 때문이다. 그의 언어는, 말 못하고, 듣지 못하며, 보지 못하는 사물들에게 입과 귀와 눈을 달아준다.

그는 서로 다른 사물들 속에서 '유사성similarity'을 찾아낸다. 이 은유의 기술 때문에 사물들은 한 존재에서 다른 존재로 확산된다.

> 숟가락은 살아 있음을 증명하는 도구다. (……) 식은 방을 덥히기 위해 아궁이에 불을 때듯 숟가락질은 몸에 불을 지피는 의식이다. (……)
>
> 직선의 끝에 붙어 있는 이파리 한 장. 30그램의 밥과 5그램의 국을 뜰 수 있는 오목한 잎, 숟가락. 아파트 저편 숲은 얼마나 많은 숟가락을 키우고 있는 것일까? 나무는 무엇이 숟가락 역할을 하는 것일까? (……)
>
> 천변의 왜가리와 오리를 떠올린다. 머리에서 목으로 연결된 부분은 히브리 문자 같기도 하고, 숟가락 모양을 연상시키기도 했다. 엄밀히 말하면 수저 역할을 하고 있는 부리가 '움직이는 숟가락'이다. 사람이 사용하는 수저는 그 용도에 따라 다양하듯 오

리는 주걱 모양이고, 독수리는 갈고리, 참새는 기호 ∠와 닮았다. (……) 부리를 물속에 넣고 저으면서 먹잇감을 찾는 저어새는 '숟가락 부리', 스픈빌spoonbill이라 불린다.

—「숟가락」 부분

인간이든 나무든 새든 지상의 모든 생명체들은 "식은 방을 덥히기 위해 아궁이에 불을 때듯" "몸에 불을 지피는 의식"을 필요로 하고, 그런 의미에서 저마다 숟가락 한 개씩은 다들 가지고 있다. 최장순은 숟가락 옆에 나무와 아파트와 왜가리, 독수리, 오리, 저어새 등을 호출하여, 생명을 유지하기 위해 끊임없이 "먹잇감을 찾는" 것들의 가련하고도 장엄한 운명을 그려낸다. 사물들은 각자 자신의 자리에서 따로 놀다가 은유의 그물에 걸려들게 되고, 보이지 않던 '유사성'을 노출시킴으로써 따뜻한 친족이 된다.

최장순이 이렇게 사물들을 불러내는 것은 그가 사물들과 '인간적' 관계를 원하기 때문이다. 그는 사물에 기록된 서사들을 들추어내고 재배열함으로써 '사물死物'을 '생물生物'로 바꾼다. 사물이 생물로 전화될 때, 사물은 비로소 인간과의 대화적 관계 속으로 들어간다. 최장순의 '사물론'들은 이렇게 하여 그가 사물들과 나눈 대화들이다. 사물들 중에서도 오래된 것일수록 더욱 많은 서사들을 담고 있으므로, 그는 낡은 것, 오래 묵은 것들을 건드리기를 더 좋아한다.

「묵은 것들의 체온」이라는 에세이 제목을 보면, 그가 볼 때 "묵은 것들"에는 새 것에 없는 웅숭깊은 "체온"이 있다. 최장순이 사물의 그윽한 체온을 느끼고 건드릴 때, 사물들의 숨구멍이 열리기 시작한다. 이 에세이에서도 그는 "매제가 건넨" 오래된 "돈궤"를 어루만지며, 그것의 숨은 이야기를 듣는다. 그는 돈궤가 소나무로 만들어진 것을 보고 "돌고 돌아온 돈 냄새를 은은한 소나무 향으로 지워주고 싶음"을 읽어낸다. 그러나 자물쇠가 분실된 돈궤는 돈궤의 기능을 이미 상실했으므로, 그는 돈궤에 "야전 노트며 호각이며 멈춘 시계며 군번줄과 버클과 문진 등을 넣어두기로" 한다. 돈궤는 이제 돈을 넣어두는 사물이 아니라 작가의 추억을 저장하는 보물상자로 전환된다. 그가 자물쇠가 없는 돈궤에서 "가두지 말고 풀라"는 메시지를 읽어내는 것도 대화의 과정에서 사물이 그에게 준 지혜의 선물이다.

동생이 준 낡은 화각장에서도 그는 시어머니 밑에서 시집살이 했던 한 여성의 고단한 과거를 읽어내고, 1908년에 발간된 『신약전서』에서는 5대조 할아버지의 아득한 신앙의 역사를 찾아낸다. 이 오래된 책에는 할아버지뿐만 아니라 대고모의 소녀 시절이 들어 있고, "조선과 일본이 한나라가 되었대"라는, 불운했던 피식민지 민중들의 대화가 기록되어 있다. 그가 이렇게 사물-텍스트에 새겨진 경험과 역사를 더듬을 때, 사물들은 교환가치를 훨씬 뛰어넘는 정신적 재화財貨가 된다. 그가 100년도 더 된 낡은 성경책에 손을 얹을 때 할아버지의 "흐뭇한 표정"이 되살아난다. 그는 이렇게 사물-텍스트를 해석하는 일을 "묵은 체온에 내 예배를 보"태는 것으로 간주하는데, 사물과의 이런 대화를 통해 사물은 속속들이 '인간화'된다. 그리하여 인간들을 멀리하고 인간들에게 저항했던 사물들은 이제 그 어떤 위계에도 귀속되지 않으면서 인간과의 '유쾌한' 대화적 관계 속으로 들어온다.

III

그렇다면 사물들을 호출하고 그 안에 혼란스레 쌓여 있는 서사들에 일관성을 부여하는 (최장순의) 코드는 무엇인가. 그는 무無코드의 사물-텍스트에 자신의 코드를 덧씌움으로써 그 안에 일관된 문법을 만들어낸다. 그의 코드는 한마디로 이항대립binary opposition을 해소하고 세계를 '차이'들의 화학반응으로 이해하는 것이다. 그의 에세이에는 수많은 이항대립물들이 등장한다. 가령 "톱과 줄", "끌과 대패", "어금니와 송곳니", "네모와 동그라미", "백로와 오리", "인식표와 호루라기", "구석과 모퉁이", "잎과 꽃" 같은 것들이 그것들이다. 이 모든 대립물들은 서로 다른 용도와 성질을 가지고 있지만, 그 어느 한쪽만으로는 온전할 수 없다. 대립물들은 서로 길항拮抗관계에 있지만, 상대가 없으면 졸지에 무력해진다. 대립물들은 서로를 거부하면서 스미고, 밀어내면서 당기며, 거부하면서 받아들인다. 세계는 대립물들의 '밀당(밀고 당김)'으로 이루어져 있다. 다른 말로 하면, '차이'가 세계를 움직인다. 가령 어금니가 초식동물의 평화로운 '반추'의 수단이라면, 송곳니는 육식동물의 공격의 수단이다. 그것들은 서로 다르며 대립한다. 그러나 최장순의 다음과 같은 성찰을 보라.

> 보이는 것이 전부는 아니다. 적의를 드러내는 것이 송곳니라지만, 설움이나 분노, 치가 떨림을 지그시 깨물어 다음의 앙갚음과 복수를 기약하는 것은 보이지 않는 무서움이다. 드러나는 송곳니보다 더 무서운 것이 어쩌면 어금니가 아닌가.
>
> 하지만 생각하기 나름, 송곳니와 어금니의 협업은 부부처럼, 동지처럼 불가분의 관계를 갖는다. 아래턱이 옆으로 움직일 때 송곳니는 턱이 움직이는 방향을 유도하면서 어금니가 닿지 않도록 한다. 송곳니가 제 기능을 발휘하지 않으면 어금니가 빨리 상실되고, 어금니가 상실되면 다른 이들도 쉽게 흔들린다. 또한 송곳니가 없으면 얼굴 골격이 변형된다. 잘게 찢어주는 수고가 있어 어금니는 씹고 갈고 으깰 수 있다.

(……)

평화와 폭력을 함께 아우르는 치아는 야누스의 두 얼굴처럼 한몸에 존재한다. 어쩔 수 없는 양면성이다. 하지만 인간의 숨겨진 어떤 야만도 씹는 행위의 여유 속에서 순치馴致될 수 있다. '빛과 어둠은 본디 한몸'이었으므로. '이리와 어린 양이 함께' 먹는 평화로운 초원을 입안에 지닐 수 있게 된 것도 행운이 아닌가.

—「어금니와 송곳니」 부분

최장순은 그 어떤 대립물들도 실제로는 "한몸"임을 강조한다. 야만의 기표는 오로지 평화라는 기표와의 관계 속에서만 존재한다. 세계는 이분법으로 설명 불가능한 '복잡성'을 가지고 있다. 평화는 때로 야만을 숨기는 얼굴이며, 야만은 때로 평화를 예기豫期하는 시니피앙이다. 평화의 명목으로 전쟁이 일어나기도 하며, 전쟁 속에서 (평화로운 시기에는 상상도 못할) 휴먼 스토리들이 생겨나기도 한다. "빛과 어둠은 본디 한몸"이라는 명제야말로 최장순이 사물들을 대하는 코드이다.

경직된 네모에게는 부족한 감성을 담을 수 있는 동그라미의 도움이 필요해서일까, 네모난 본체에 동그란 렌즈가 잘 어울리는 카메라는 사각의 균형 잡힌 완전체에 원형의 완벽함을 보태 현장을 복원해낸다. 기본적인 두 개의 도형, 네모와 동그라미가 협업과 분업으로 서로를 받아들인 것이다.

—「네모와 동그라미」 부분

차이들이 합쳐질 때 세계에 대한 온전한 "복원"이 이루어진다는 성찰을 최장순은 놀랍게도 카메라의 구조에서 읽어낸다. 그에 따르면 세계가 가동되는 모든 원리들은 이미 사물-텍스트들 안에 기록되어 있다. 작가는 사물에 이미 각인된 기호들을 자신의 코드로 재정렬하는 존재이다. 그러할 때, 최장순의 코드는 차이들의 '길항의 변증법'이다. 그에게 있어서 차이들은 대립이면서 동시에 '한몸'이다. 세계는 차이들로 구성되어 있으며, 차이들은 서로 대립물들을 호명한다. 대립물 없이 어떤 항목도 가동되지 않는다. 앞에서 숟가락에 대한 그의 산문을 살펴보았거니와, 숟가락 역시 직선의 전진성과 동그라미의 포용성으로 이루어져 있다. 그 둘 중 어느 한쪽만 존재할 때, 숟가락은 제 기능을 할 수 없고 우리는 생명의 몸에 불을 지필 수 없다.

최장순의 산문들은 모든 차이들의 고유성에 대한 인정, 그리고 그것들 상호 간의 대립성과 의존성을 향해 있다. 충돌하는 모든 것들의 화학반응은 그 자체 행복도 불행도 아니다. 그 차이들을 바라보는 그의 시선은 늘 따뜻하고, 깊고, 균형이 잘 잡혀 있다. 『유쾌한 사물들』은 이렇게 해서 위계와 교환가치에서 해방된 사물들의 정감어린 대화로 가득 차 있다.

국립중앙도서관 출판예정도서목록(CIP)

유패한 사물들 : 최장순 에세이 : 보고 읽고 쓰다 / 지은이:
최장순. -- [서울] : Bookin(북인), 2018
p. ; cm

ISBN 979-11-87413-34-9 03810 : ₩13000

한국 현대 수필[韓國現代隨筆]

814.7-KDC6
895.745-DDC23 CIP2018032492

최장순 에세이

유쾌한 사물들

지은이_ 최장순
펴낸이_ 조현석
펴낸곳_ 북인
디자인_ 푸른영토

1판 1쇄_ 2018년 10월 31일
출판등록번호_ 313 - 2004 - 000111
주소_ 121 - 842 서울 마포구 서교동 467 - 4, 301호
전화_ 02 - 323 - 7767
팩스_ 02 - 323 - 7845

ISBN 979-11-87413-34-9 03810